JN412074

가족도 렌털이 되나요

君と見つけたあの日のif

가족도
렌털이 되나요

이누준 장편소설

김진환 옮김

하빌리스

차례

“나는 연극을 사랑한다.
그것이 인생보다 훨씬 현실적이기 때문이다.”

—오스카 와일드

무대 옆 통로는 빛과 어둠을 잇는 사다리 같다.

여기 서면 늘 몸이 떨려온다.

평소 같으면 절대 입지 않을 핑크빛 치맛자락이 물결처럼 출렁였다.

무의식중에 두꺼운 커튼을 꽉 쥐고 있었나 보다. 힘을 빼니 손끝이 저려왔다.

이 무대 옆 공간은 관객들에게 보이면 안 되기에 조명도 없다. 마치 이대로 어둠에 삼켜질 것만 같은 불안감이 감돌았다.

하얀빛이 내리쬐는 무대 위에서는 나보다 나이 많은 극단원들이 내 부모님 역할을 연기하고 있었다.

"오늘 날씨 정말 좋다. 다 같이 어디 놀러 갈까?"

"좋은 생각이야. 차에 짐을 가득 싣고 소풍 가자."

조금 전까지만 해도 대기실에서 잔뜩 긴장해 있던 두 사람은,

지금 무대 위에서 진짜 부부처럼 자연스럽게 연기했다.

창문을 여는 동작에 맞춰 무대 위 조명이 한층 강해졌다.

"어머, 눈부셔라. 이제 여름이네."

엄마 역 배우가 손차양을 만들며 눈을 가늘게 떴다. 아빠 역 배우도 똑같이 따라 하며 고개를 끄덕였다.

극장 안으로 들어올 수 없는 태양 빛이 두 사람에게는 마치 보이는 듯했다.

나에게는 아직 보이지 않는다.

연습 때마다 수없이 보아왔던 조명이지만, 마치 나를 공격하는 것처럼 느껴진다.

여기서 관객들 얼굴은 보이지 않지만 다들 무대에 푹 빠져 있다는 게 분위기로 전해졌다. 아주 강렬히, 따가울 만큼.

"여보, 애는 아직도 자?"

"아까 깨웠는데. 다시 잠들었나?"

아주 어릴 때부터 무대에 섰는데도 오르기 직전에는 온몸의 체온이 사라진 것만 같다.

바로 옆에 있는 무대가 한없이 멀게 보이고, 불안이라는 공기가 나를 휘감았다.

……정신 차리자.

나 자신을 타이르며 첫 대사를 입안에서 중얼거렸다.

괜찮아. 난 이 배역에 몰입할 수 있어.

등장까지 3초, 2초, 1초—.

드디어 엄마 역 배우…… 아니, 엄마가 나를 불렀다.

"얘, 일어났니? 이리 와보렴."

흐읍, 하고 숨을 들이마신다.

"왜, 엄마."

그렇게 말하며 걸음을 내딛자 신기하게도 긴장감은 이미 사라진 뒤였다.

무대 중앙에 서자 눈부신 여름빛에 휩싸였다.

그리고 나는 배우가 된다.

제1각

오디션

겨울 오후는 빠르게 저물어갔다.

낡은 노트를 가방에 집어넣으며 창밖을 내다보자, 연보라색 하늘 위로 얇은 거즈 같은 조각구름이 흘러가고 있었다.

12월에 접어들면서 고등학교 동복에 간신히 익숙해진 느낌이었다. 하교 시간을 알리는 종이 울리자 교실 안의 공기가 술렁이기 시작했다. 동아리 활동에 가는 애들, 집으로 돌아가는 애들, 친구와 놀러 가는 애들. 다들 저마다의 목적으로 바삐 움직인다.

"유나, 유나야."

앞자리의 시나가 나를 돌아보았다. 시나는 통통한 체형에 밝은 성격의 여자애다. 눈썹 높이에서 일자로 자른 앞머리에 귀가 가려질 정도의 보브컷 머리를 하고 있다.

"저기, 저기."

시나는 같은 단어를 반복하는 버릇이 있다. 고등학교에 올라오고 나서 알게 된 사이지만, 누구와도 스스럼없이 이야기를 나누는 그녀는 우리 반에서 인기가 많았다. 귀여운 외모에 잘 웃기도 해서 우리 반의 '마스코트 캐릭터' 같은 느낌이다.

반면 내 위치는 '그 외 다수' 중 한 명이다. 어지간한 일이 아니고는 내가 먼저 말을 거는 일은 없다. 어깨까지 기른 머리카락에 키는 평균 정도.

이 반이 하나의 무대라면, 나는 조연조차 되지 못할 만큼 주목받지 못하는 존재일 것이다. 하지만 그 배역을 연기하기로 한 사람은 바로 나 자신이다.

시나가 얼굴을 확 가까이 들이대는 바람에 내 생각은 중단되었다. 통통한 뺨에 동글동글한 눈이 귀여웠다.

"유나는 스키 탈 줄 알아?"

그렇게 묻는 시나를 보며 말없이 고개만 끄덕였다.

왠지 불길한 예감이 드는데…….

"타본 적은 있는데……. 최근엔 안 탔어."

무난한 대답이라 생각했지만, 시나는 의자째로 몸을 돌렸다. 의자가 끼기긱, 하고 중저음을 내며 삐걱거렸다.

"나도! 스키도 스노보드도 어릴 때 이후로 못 탔거든."

아무래도 본론이 따로 있었나 보다. 불길한 예감이 점점 선명해졌다.

"그래서, 그래서 말인데, 겨울방학 때 마야하고 쿠루미하고 다 같이 스키 여행을 가기로 했거든. 괜찮으면 너도 같이 가자."

시나가 씩 웃자 통통한 볼살이 두툼하게 밀려 올라갔다.

"나가노에서 스키 타자, 스키. 그것도 엄청 싼 가격에, 음식도 마음껏 먹을 수 있어!"

시나는 잔뜩 기대하고 있는 것 같았지만…… 애초에 왜 나한테 같이 가자는 건지 알 수 없었다.

그런 내 생각을 읽었는지, 시나는 "그게 말이지, 그게 말이지……." 하고 말을 이었다.

"고등학교에 들어온 지 벌써 1년 됐잖아. 봄에는 2학년으로 올라가면서 반도 바뀔 테고, 그때까지 여자애들끼리 더 친해지자는 계획이야. 싸게 갔다 올 수 있는 버스 투어가 있대. 물론 남자애들은 안 부를 거야."

의욕 넘치는 시나에게 대답했다.

"미안. 겨울방학 중에는 쭉 연습이 있어서."

"연습? 연습이면…… 아, 극단에서?"

"응. 정말 미안."

시나는 작게 "그렇구나, 그렇구나……." 하고 중얼거리더니 가지런한 앞머리를 만지작거리며 얼굴을 더욱 가까이 들이댔다.

"어릴 때부터 극단에 소속되어 있댔지? 대단하다, 극단원이라니. 이름이 뭐랬더라? 하마마쓰시市 극단?"

"'극단 하마마쓰'라는 곳이야. 안타깝게도 시에서 공인받지는 못했거든."

유치원 때 입단한 작은 극단. 물론 그때의 기억이 거의 남아 있지 않은 걸 보면, 특별히 내가 원해서 들어간 건 아니었던 것 같다.

어느샌가 극단원으로 사는 삶이 내 일상이 되어 있었다.

"며칠만 빠질 순 없어? 모처럼 여행 가는 건데. 이런 기회는 또 없을지도 몰라. 우리 반 여자애 중에 절반 정도는 가기로 했거든."

포기하지 않고 권유하는 시나에게 나는 사과할 수밖에 없었다.

"정말로 미안. 봄 공연은 1년 중에 가장 심혈을 기울여야 해서, 겨울방학 동안은 매일 연습하러 나가야 해."

"그렇구나, 그렇구나……. 난 유나하고 꼭 같이 가고 싶었는데."

시나는 입술을 삐죽 내밀었다. 가끔 이렇게 말을 건네는 그녀와 자연스럽게 친해지면 좋을 텐데도 난 늘 애매하게 피할 뿐이다.

시나뿐만 아니라, 어릴 때부터 학교에서는 인간관계를 맺지 않으려 했다. 고등학생이 된 지금도 그건 마찬가지라 누군가가 말을 걸어오면 웃는 얼굴로 대꾸만 하는 정도였다.

늘 친절하게 대해 주는 시나의 제안을 거절하는 건, 어쩔 수 없이 마음 한구석에 죄책감을 남겼다.

"정말 미안해."

거듭 사과하자 시나의 눈빛이 쓱 차가워지는 느낌이 들었다.

"알았어, 알았어. 그래도 조금만 더 생각해 봐.'

시나는 가방을 들고 다른 여자애들 그룹과 이야기하러 가버렸다. 내가 못 간다는 걸 알려주려는 거겠지. 여자애 몇 명과 눈이 마주치자마자 시선을 피하는 게 보였다.

학교에서 극단 이야기는 되도록 하고 싶지 않았다. 조금이라도 언급하면 이런 분위기가 되어버리니까.

한숨과 함께 자리에서 일어날 때였다.

"스기사키."

교실 앞문에서 얼굴을 불쑥 내민 같은 반의 하타노가 내게 손짓하고 있었다. 그녀와는 마주칠 때 인사 정도 나누는 사이였다. 이름이…… 그래, 하타노 후카. 확실하진 않지만.

자세히 보니 하타노 옆에 여학생 둘이 서 있었다. 전부 모르는 얼굴이었다.

가까이 다가가자 하타노는 '농구부 선배'라고 짧게 소개했다.

두 사람은 나를 보자마자…….

"우와! 진짜였네!"

"실화냐?"

자기들끼리 멋대로 난리를 피웠다. 또다시 불길한 예감을 느끼면서도 고개를 꾸벅 숙였다.

"저기, 스기사키 이야기를 했더니 선배들이 꼭 만나보고 싶다고 해서—."

"'오래된 가게의 콩과자', 맞지?"

한 선배가 하타노의 말을 가로막으며 앞으로 나섰다.

'오래된 가게의 콩과자'는 내가 초등학교 1학년 때 출연한 광고였다. 꽤 반응이 좋아서 2년 가까이 똑같은 광고가 나갔다.

그리고 지금도 동영상 사이트에 몇 개씩 올라와서 잊고 싶은 과거를 떠올리게 했다.

"그때 얼굴이 조금 있네. 그 광고에 나왔을 때는 TV에도 자주 나오지 않았어? MHK에서 하던 어린이 프로그램! 나 그거 자주 봤는데."

"난 드라마에서 봤어. 뭐였더라? 지금은 죽은 배우하고 같이 출연했던 거."

"그게 뭔데? 난 기억 안 나. 아, 샴푸 광고에도 나왔었지?!"

소란스러운 두 사람 옆에서 하타노가 나를 슬쩍 바라보았다. 미안해하는 표정을 짓는 걸 보면 내가 이런 이야기를 거북해한다는 걸 아는 눈치다.

아무 말 없이 괜찮다는 듯 가볍게 웃어 보인 뒤에야 하타노는 안심하는 표정을 지었다.

"그런데……."

왼쪽 선배가 나를 보며 말했다.

"요즘엔 TV에 잘 안 나오더라. 역시 아역은 수명이 짧은 건가?"

"그렇게 말하면 불쌍하잖아. 아직 만회할 기회가 있는 거지?"

오른쪽 선배가 옹호 같지 않은 옹호를 했다.

사람들과의 관계는 사소한 계기 하나로도 쉽게 바뀌고 만다. 정말 아무것도 아닌 말 한마디로도 순식간에 색이 바뀐다.

온몸의 체온이 싹 사라지는 기분을, 지금까지 몇 번이나 느꼈는지 모르겠다. 내 변화를 알아채지 못한 왼쪽 선배가 또 입을 열었다.

"그래도 연예인은 연예인이잖아. 난 연예계에 관심이 많거든. 그래서 이런저런 업계 얘기를 듣고 싶은데—."

선배의 말이 끝나기도 전에 나는 오른손을 들어 제지했다. 얼굴에는 미소를, 목소리는 최대한 부드럽게 들리도록 의식하면서.

"죄송해요. 지금 극단 연습하러 가야 해서요."

계속 조용히 있던 하타노가 "엉?" 하고 엉뚱한 반응을 했다.

"스기사키는 극단에 소속되어 있었구나?"

"예전부터 쭉 소속되어 있었어. TV 쪽 일도 극단에 오디션 제안이 와서 받아들인 것뿐이야. 그러니까 연예인 같은 건 아냐."

"TV에 그렇게 많이 나왔는데? 하마마쓰에선 모르는 사람이 없을걸?"

왼쪽 선배가 무슨 의도인지 도발하듯 말하기에 고개를 가로저었다.

"TV하고는 잘 안 맞거든요. 그래서 앞으로도 출연할 일은 없을 거예요."

"흐음."

"이만 실례하겠습니다."

고개를 꾸벅 숙이고 그들 사이를 스쳐 지나가는 내게…….

"에이, 뭐야."

"재미없게."

들으라는 듯이 중얼거린다. 눈길조차 주지 않고 계단을 내려가 건물 입구에서 신발을 갈아신었다.

몇몇 학생들이 나를 보며 뭔가 수군거리는 것 같았다.

전부 떨쳐내듯 교문을 빠져나왔다. 극단 연습이 있다는 건 거짓말이었다.

지금 연습실에 가도 사장인 휴가 씨밖에 없을 거다. 잠시 뒤를 돌아보다가 집 방향으로 걸어가기 시작했다.

그래, 난 연예인이 아냐. 한때 오디션을 보고 몇 년 동안 TV에 출연한 게 전부인 극단원일 뿐이니까…….

교실에서 나눈 대화는 조금 억지스럽긴 했어도 조연으로 보면 합격점일 것이다.

이제 난 스키 타러 가자는 제안도 받지 않을 테고, 하타노의 선배들도 더는 나와 얽히려 하지 않을 테니까.

그런데 나도 모르게 점점 걸음이 빨라지고 있었다. 마치 무언가로부터 도망치듯이, 따라잡히지 않으려는 듯이.

석양빛 속 겨울바람은 슬프도록 차가웠다.

아주 어릴 때부터, 나는 이미 극단 하마마쓰의 일원이었다. 게다가 광고가 유명해지면서 TV에도 출연하게 되었다.

광고 촬영 당시의 일은 기억나지 않고, 드라마나 예능 프로그램에 출연했던 것도 정지 화면 같은 잔상으로 남아 있는 정도다. 전부 희미해서 내가 직접 경험한 일이 아닌 것만 같다.

수많은 어른이 나를 친근하게 '유나 짱'이라고 불렀고, 컷 사인이 나자마자 칭찬 세례가 쏟아졌다. 거리에서 사람들의 시선을 받으며 악수나 사진 요청에도 익숙하던 아역 시절.

지금 생각해도 싫어지는 건, 그 시절 내가 극단보다 방송국 가는 걸 더 즐거워했다는 사실이다. 다들 떠받들어주니까 좋아했겠지.

내가 연기할 때면 어른들이 흐뭇하게 웃었다. 예능 프로그램에서도 내게 요구하는 역할을 정확히 이해했던 것 같다.

생활의 중심이 학교에서 연예계로 바뀌면서 극단에 나가는 횟수도 점점 줄어들었다. 칭찬을 듣고 싶은 마음에 졸린 눈을 비비며 도쿄를 왕복하던 하루하루.

초등학교 고학년이 되자 시즈오카에서 도쿄로 이사하자는 이야기까지 나왔지만, 그때쯤부터 내 안에는 막연한 장래 희망이 자리 잡기 시작했다.

'TV 일을 그만두고 연극에만 전념하고 싶어.'

처음으로 엄마에게 그 말을 꺼냈을 때의 상황은 지금도 꿈에 나올 만큼 선명히 기억한다. 엄마는 잠시 놀라는 표정을 짓더니 불같이 화를 냈다. 사람이 화를 낼 때는 얼굴이 빨개진다는 걸 그때 처음 알았다. 내 의견은 100퍼센트 무시한 채, 엄마는 계속 연예계 생활을 해야 한다고 선언했고, 심지어 내게서 억지로 다짐까지 받아냈다.

그 이후로 엄마에게 내 진심을 말할 수 없게 되었다.

중학교에 올라가기 직전부터 나를 찾는 곳은 점점 줄어들었고, 지금은 일개 극단원일 뿐이다. 그것도 전혀 유명하지 않은 지방 극단. 하지만 이걸로 충분하다.

"난 연극배우니까."

나 자신에게 말하듯 중얼거려 보지만, 그 말은 하얀 한숨이 되어 허공에 흩어졌다.

내 꿈은 연극배우라고 아무리 주장해도, 세상 사람들의 눈에 나는 '아역 출신'이자 '옛날에는 TV에 나왔던 사람'이었다. 엄마는 지금도 연예계로 돌아가길 바라는 것 같다.

TV가 연극보다 위에 있다고 대체 누가 정한 걸까?

초등생 시절에는 촬영이 너무 바빠서 친구를 사귈 틈도 없었다. 중학생이 된 이후에도 친해진 애들은 연예계 이야기만 했고, 연극 같은 건 아무도 관심을 보이지 않았다.

사립 고등학교를 선택했는데도 결국 바뀐 건 없다. '한때 잘나가던 스기사키 유나'에서 벗어나지 못하고 있다.

학교에서 내가 누구에게도 먼저 말을 걸지 않는 건 옳은 선택 같다.

애초에 하마마쓰시는 너무 촌구석이야. 조금만 걸어 다녀도 아줌마들이 이상한 눈빛으로 쳐다볼 정도로.

연극 무대 특유의 열기는 직접 경험해 보지 않은 사람은 절대 알 수 없다. 관객 앞에서 펼치는 연기와 배우들의 호흡이 커다란 물결을 이루며 하나의 작품을 만들어내니까.

같은 작품인데도 공연할 때마다 다양한 형태로 완성되는 연극이 난 좋았다.

작은 극단일지라도 오직 그곳에서만 진정한 내가 될 수 있었다. 조연으로 무대에 서든, 무대 뒤에서 스태프로 일하든, 그곳에서는 내가 살아 있다는 걸 실감했다.

그런데 왜 이렇게 마음이 술렁이는 걸까.

드디어 집이 보이자 마음이 놓이는 동시에, 새로운 우울감이 가슴을 뒤덮었다. 고등학교 1학년은 고민이 끊이지 않는 시기인지도 모르겠다.

우편함에 든 편지를 꺼내고 현관문을 열자 엄마가 얼굴을 쏙 내밀었다. 오늘도 빈틈없이 화장한 얼굴에 뺨의 불그스름한 블러셔가 인상적이었다.

"어서 오렴. 늦었네."

"다녀왔습니다."

부엌 싱크대에 물통을 내려놓고 세면대에서 손을 씻었다. 차가운 물이 닿자 정신이 번쩍 들었다.

식탁에는 2인분의 저녁 식사가 차려져 있었다.

"유나야, 선크림은 제대로 바르고 다니지?"

"아, 응."

"이런 시기일수록 자외선을 조심해야 해."

식탁에 앉자마자 맞은편에 앉은 엄마가 "그런데 말이지." 하고 말을 꺼내며 얼굴을 가까이 내밀었다. '그런데 말이지.' 다음에 어떤 대화가 이어질지도 모른 채 엄마가 끓여준 차를 마시자 차갑게 식은 뱃속이 따듯해졌다.

"오늘 슈퍼에서 콩과자를 봤거든. 아직도 잘 팔리는지 잔뜩 진열되어 있더라? 그것도 유나가 찍은 광고 덕분이겠지."

또 그 이야기인가, 하며 진절머리를 내면서도 고개를 살짝 끄덕거렸다.

"내가 나왔던 광고도 이제 한참 됐어."

이제 그 과자 광고에는 내 몇 번째 후배인지 모를 예쁜 소녀 모델이 나온다. 내가 찍은 것보다 훨씬 세련된 내용으로, 콩과자가 매우 고급스러운 과자인 것처럼 소개한다.

"무슨 소리니? 애초에 유나가 출연한 광고 덕분에 히트한 건데. 그때의 유나는 정말 천사처럼 귀여웠어."

언제나처럼 추억 얘기를 꺼낸다. 아니, 아직도 엄마에겐 현재일지도 모르겠다.

"유나는 원래 콩이라면 질색하는데, '맛있어요.' 하고 싱긋 웃으면서 먹더라니까. 엄마는 정말로 감탄했어."

"그랬던가?"

"리허설 때까지 합하면 엄청나게 먹었을 텐데, 거기서 누군가 '유나 짱은 콩과자를 정말 좋아하는구나.'라고 말할 정도였지.

그때부터 엄마는 네가 언젠가 명배우가 될 거라고 확신했단다."

나무와 종이로 만들어진 집안 세트, 엄마 역 배우에게서 나던 좋은 냄새, 아빠 역 배우의 거만한 태도. 간신히 떠올릴 수 있는 건 그 정도였고, 그것조차 진짜 기억인지 의심스러운 수준이다.

감자조림 속 감자를 젓가락으로 가르면서 작은 한숨이 새어 나왔다.

하지만 엄마는 매일 거르지 않는 루틴처럼 드라마 이야기를 꺼낸다. 그리고 마지막에는 이렇게 말하는 것이다.

"다시 TV에 나갈 수 있도록 노력해야 해."

진심인 건지, 나를 진지하게 바라보고 있었다.

—이제 TV에는 관심 없어.

그렇게 말할 수 있다면 얼마나 좋을까. 하지만 그 말 다음에 펼쳐질 전개가 눈에 선했다.

이제 엄마를 화나게 하고 싶지 않았다. 그런 얼굴은, 다시는 보고 싶지 않았다.

"알았어."

분위기를 무마하려고 억지로 미소를 지었더니 엄마도 그제야 웃어주었다. 마치 대사를 읽는 듯한 기분이 학교에서 집까지 이어지고 있었다.

"아무래도 지명도를 높이려면 TV밖에 없어."

—드라마는 짧은 컷의 연속이라 그때그때 연기가 중단되지만, 연극은 무대가 끝날 때까지 내 배역을 계속 연기할 수 있고, 공

연 기간이 길면 같은 배역을 여러 번 맡을 수도 있어.

그런 마음속 목소리를 꾹꾹 억누르면서…….

"응. 하지만 연극도 재밌어."

내가 할 수 있는 최대한의 반항을 시도해 본다.

"그래도 역시 TV가 낫지."

짧은 대답에서도 엄마의 초조함이 표정과 목소리에 묻어났다.

왜 그렇게까지 날 TV에 내보내고 싶은 건지 모르겠다. 엄마의 말은 아무리 들어도 외국어처럼 이해가 되지 않았다. 성장기인데도 살찌면 안 된다며 먹는 양을 줄인 탓에 늘 배가 고팠다.

하지만 그런 말을 꺼낼 수 없기에 "아, 맞다." 하고 짐짓 밝은 목소리로 뭔가 생각났다는 듯 입을 열었다.

"〈가족의 풍경〉 기억해?"

내가 화제를 바꾸자 엄마는 입꼬리를 밑으로 내리며 고개를 끄덕였다.

"네가 주인공을 맡았던 연극이잖니. 중학교 1학년 때였나?"

극단 하마마쓰의 봄 공연에서 내가 주인공으로 발탁된 작품이 〈가족의 풍경〉이었다. 아직 모든 대사를 기억하고 있을 만큼 그때의 기억이 지금의 나를 지탱해 주고 있다.

긴 극단 생활에서 유일하게 주연으로 발탁된 무대였으니까.

"주인공이라고 해봐야 상연 기간이 겨우 사흘밖에 안 됐잖니. 드라마라면 최소 3개월은 TV에 나올 수 있어."

엄마는 여전히 하찮다는 듯 말했고, 내 기분은 끝내 가닿지 않았다.

"응, 그러네."

감자조림에서 아무 맛도 나지 않았다. 무색무취의 공기 속에서 생활하는 듯한 이런 일상은 앞으로도 쭉 이어지겠지.

"그보다도 오디션 제안은 정말 안 들어오니? 그 사장은 정말 말만 번지르르하다니까."

엄마는 도자기 잔에 든 차를 맥주 들이켜듯이 벌컥 마신 다음, 웨이브가 들어간 머리카락을 손가락으로 매만졌다. 초조해할 때의 버릇이었다. 엄마도 자각하고 있는지, 코로 한숨을 내쉬며 젓가락을 집어 들었다.

"그러고 보니, 이제 곧 봄 공연 캐스팅이 발표될 시기 아냐?"

"내일 밤에 나와."

화제가 바뀐 것에 안도하면서 대답했다.

"이번엔 〈오페라의 유령〉이지? 꽤 호화로운 작품인데, 거기서 그걸 할 만한 돈이 있으려나?"

현실적으로 말하는 엄마에게 "글쎄." 하고 고개를 갸웃해 보였다.

"봄 공연은 시에서 보조금도 나오고 관객도 많이 오니까 괜찮지 않을까?"

"유나는 어릴 때부터 〈오페라의 유령〉을 좋아했잖니? 크리스티안 역에 뽑힐지도 몰라."

"크리스틴 말이지?"

"이름이야 뭐든 간에, 조금이라도 주목받는 역할을 맡아야지. 작년엔 주인공 여동생의 친구 역이었잖니. 난 지금도 이해가 안 돼."

언제부턴가 자칭 극단의 '고문'이 된 엄마. 작년에는 극단장 휴가 씨한테 불만을 잔뜩 털어놓았었지…….

엄마는 내가 주인공 오디션을 보지 않은 사실을 알면 이성을 잃을지도 모른다. 벌써 몇 년 동안 조연 오디션만 보고 있다는 사실을 아직도 밝히지 못하고 있었다.

"조연이긴 해도 스토리의 중요한 열쇠를 쥔 배역이었거든!"

"바보 같은 소리 한다, 또."

단호하게 받아친 엄마가 또 한숨을 쉬었다.

"극단 하마마쓰 같은 작은 무대로 만족하면 안 돼. 넌 더 큰 무대에 서야 한다구. 역시 TV 업계로 돌아가는 수밖에 없어."

감자조림을 입안에 잔뜩 넣고 우물거리는 엄마는 내 기분 같은 건 전혀 안중에도 없겠지.

애초에 TV가 전부였던 시대는 이미 끝났다. 지금은 동영상 사이트나 인터넷 방송이 인기를 끌고 있으니까. 극단 하마마쓰에서도 최근 동영상 채널을 만들었는데, 구독자가 늘지 않는다고 운영진들이 탄식하고 있었다. 물론 난 거기에 출연하는 걸 단호히 거절하고 있다.

학교에서 지금보다 더 눈에 띄고 싶지는 않으니까.

"사장한테 왜 오디션이 없냐고 내일이라도 물어봐야겠다."

—그만 좀 해. 정말, 진짜, 제발, 절대 하지 마.

삼켜버린 말들과 함께 시선을 떨구자 감자조림에서 피어오르던 김도 어느새 사라져 있었다.

그때 현관문 열리는 소리가 났다.

엄마의 얼굴을 살피자 노골적으로 불쾌한 표정을 짓고 있었다.

"다녀왔어."

낡은 양복 차림의 아빠가 얼굴을 내밀었다.

"고생하셨어요."

옆 의자에 놓아둔 가방과 편지를 바닥에 내려놓자 아빠의 표정이 밝아졌다.

"오오, 유나야. 오늘은 극단에 안 가는 날이었나 보네."

"응. 정말, 아빠는 몇 번을 말해도 기억을 못 한다니까."

"하하, 그러게. 아, 힘들다."

넥타이를 풀면서 옆에 앉는 아빠에게…….

"왜?"

엄마가 짧게 물었다. 아까보다도 두 톤 정도 낮아진 목소리였다.

"왜 딸의 일정도 기억을 못 해? 유나가 극단에 나가는 건 수요일하고 금요일, 토요일이잖아. 당신은 왜 이렇게 자식한테 관심이 없어?"

"아니, 요즘 하루하루 정신없이 살다 보니까……."

“당신은 늘 그런 식이야. 가족 일은 나만 신경 쓰지?”

고개를 홱 돌리며 부엌을 향해 일어서려는 엄마를 보며, 아빠는 고개를 가로저었다.

“그런 게 아냐. 유나야, 아빠도 네 걱정은 늘 해.”

나를 향해 변명하는 아빠. 이러다 나한테 괜한 불똥이 튈까 봐 걱정이다.

“당신.”

들고 있던 그릇을 식탁 위에 툭 내려놓는 엄마의 눈매가 매서웠다.

“나하고 유나가 방송계로 돌아가려고 얼마나 필사적인지 알기나 해? 가장이면 조금이라도 도와야 할 거 아냐?”

일촉즉발이라는 말은 이럴 때 쓰는 거겠지. 팽팽한 긴장감이 감돌았지만, 도저히 엄마의 말에 찬성할 수 없었다. 방송계로 돌아가고 싶다는 생각은 한 번도 해본 적이 없으니까.

하지만 이런 분위기에서는 내가 끼어들 여지가 없어서 그저 식탁에 놓인 음식만 내려다볼 뿐이었다.

안경을 벗어 식탁에 내려놓은 아빠가 눈을 비볐다.

“누가 안 돕겠대? 나도 일하느라 힘들다고.”

“우리는 안 힘들다는 거예요?!”

엄마는 머리끝까지 화가 나면 존댓말을 한다. 그게 우리 가족 관계를 그대로 드러내는 것 같아서 견딜 수가 없었다.

“나 내일부터 기말고사야. 이만 들어가서 공부할게요.”

가방을 들고 서둘러 자리에서 일어섰지만 두 사람 다 아무 대답도 해주지 않았다. 2층으로 이어진 계단을 오르자 말다툼 소리가 들려왔다. 이것도 이젠 익숙해졌다.

방에 들어가 트레이닝복으로 갈아입은 다음 침대에 몸을 던졌다.

우리 집은 언제부터 이렇게 된 걸까.

어릴 때는 화목한 가족이라고 믿었다. 그래, 마치 그 〈가족의 풍경〉 무대처럼.

하지만 어쩌면 그건 나만의 착각이었을지도 모른다.

어쨌든 학교에서도 집에서도 불편한 느낌이 몇 년째 이어지고 있다. 나는 마치 길 잃은 새끼 고양이가 도움을 주려는 손길에 으르렁거리는 모습 같다.

아니, 이제 새끼 고양이라고 할 만한 나이는 지났구나…….

학교에서도 집에서도 진짜 나를 꼭꼭 감춰 두고만 있다. 마치 계속 연기하듯 생활하는 것 같다. 그럼 진짜 나는 대체 어떤 성격일까? 몇 번이고 계속된 질문에도 답은 나오지 않았다. 이런 기분이 들 때마다 머릿속에 떠오르는 건 극단 하마마쓰의 연습실이다.

그나마 내가 마음 편히 지낼 수 있는 곳은 그 극단뿐이다. 이제 주인공을 맡을 용기는 없지만, 계속 극단 하마마쓰에 있고 싶었다. 내 이런 생각 때문에 엄마의 초조함이 더해가고 아빠의 말수가 줄어든다면, 두 사람 사이가 나빠진 건 결국 내 탓인지도 모르겠다.

뭐, 내 바람이 어떻든 간에 방송국 쪽에서 아무 의뢰도 오지 않는 건 사실이지만.

그러고 보니 방송국에선 왜 날 찾지 않는 걸까? 늘 미소와 인사를 잊지 않고 일했는데…….

"아……."

가방 옆에 놓인 하얀 봉투가 눈에 들어와서 상반신을 일으켰다.

우편함에 들어 있던 편지였다. 오른손을 쭉 뻗어 집어 들자, 받는 사람에 '스기사키 유나 씨'라고 적혀 있는 게 보였다. 붓펜으로 예쁘게 적은 글씨에서 인쇄물에선 느낄 수 없는 따뜻함이 묻어났다.

봉투를 뒤집어보니 보낸 사람란에는 '의뢰인'이라고 적혀 있었다.

"의뢰인……?"

침대 옆으로 발을 내리며 한 번 더 봉투 겉면을 살펴보았다.

이게 뭘까……? 봉투를 열자 하얀 편지지에 글씨가 적혀 있었다. 봉투와 달리 이쪽은 인쇄된 글씨 같았다.

가지런히 정렬된 글씨를 눈으로 좇았다.

스기사키 유나 씨에게

스기사키 씨, 추운 날씨에 잘 지내시나요.

갑작스럽게 편지를 보내게 되어 송구하다는 말부터 해야겠네요.

이번에 의뢰를 수락해 주셔서 정말 감사드립니다.

어려운 의뢰라는 건 충분히 알고 있지만, 스기사키 씨 외에 해낼 수 있는 배우는 없다고 생각합니다.

부디 마지막까지 잘 부탁드립니다.

비밀 엄수 의무가 있으니 이 편지는 읽으신 뒤에 갈기갈기 찢어 파기해 주세요.

거듭 말씀드리지만, 누구에게도 이야기하시면 안 됩니다.

추위에 몸조리 잘하시길.

직접 뵐 날을 기다리고 있겠습니다.

의뢰인

"뭐지, 이 편지는……."

뭐라는 건지 전혀 알 수 없었다. 한 번 더 읽어봤지만 역시 무슨 뜻인지 이해가 안 돼서 포기하고 말았다.

의뢰라는 게 대체 뭘 말하는 거지?

한 번 더 살펴보니 봉투에 우리 집 주소는 적혀 있지 않았다. 그렇다면 직접 찾아와서 우편함에 넣었다는 말이다.

"……장난인가?"

그렇게 생각하는 게 보통이겠지만, 문장 속 한 단어가 내 시선을 붙잡았다.

'배우', 몇 번을 봐도 틀림없이 그렇게 적혀 있다. 엄마에게 물어볼까도 생각했지만, 부부 싸움에 끼어드는 건 자폭 행위나 다름없었고 편지에서도 말하지 말라고 되어 있었다.

어떻게 할지 고민하는데 문을 두드리는 소리가 살짝 들렸다. 아빠라는 걸 바로 알 수 있었다. 엄마라면 훨씬 세게 두드릴 테고, 대답도 하기 전에 문을 열었을 테니까.

"들어와."

대답하면서 편지를 이불 속에 숨겼다.

방에는 절대 들어오지 않는다는 규칙이라도 정했는지, 아빠는 얼굴만 안쪽으로 내밀었다.

"아까는, 저기…… 미안했어."

싸운 뒤에 먼저 사과하러 오는 것도 아빠의 몫이었다.

"괜찮아. 이제 익숙한데 뭐."

"그러지 마. 더 미안해지잖니."

힘없이 웃는 아빠에게 어깨를 으쓱해 보였다. 나도 모르게 과장된 몸짓을 하는 것도 무대에 서면서 생겨난 직업병이었다.

"화해는 했어? 제대로 사과 안 하면, 엄마 내일 아침까지 기분 안 좋을 텐데."

"괜찮……을 거야. 아무튼 미안해."

"알았어."

문이 닫히자 죄책감 비슷한 것이 가슴속에 생겨났다.

두 사람의 말다툼 횟수가 날이 갈수록 늘고, 언젠가 폭발할 거라는 예감도 들었다. 가족 셋이서 마지막으로 크게 웃어본 게 언제였을까? 오래된 기억을 떠올려보려 해도 불안하게 일렁이는 아지랑이처럼 희미하기만 하다.

시한폭탄의 시간이 점점 줄어드는 듯한 하루하루는, 숨이 막힐 만큼 견디기 힘들었다.

침대에 다시 누우며 눈부신 천장 LED 불빛에 눈을 찡그렸다.

"전부 내 탓인 걸까……."

그렇게 또 〈가족의 풍경〉 무대를 떠올리게 된다. 내 행복은 그 안에서만 존재했던 기분이 든다.

이미 빛이 바래서 아무리 손을 뻗어도 닿지 않는 신기루.

어제보다, 얼마 전보다 점점 숨 쉬기 힘들어지는 지금이 슬펐다.

나카구 외곽에 있는 2층짜리 조립식 건물, 거기가 극단 하마마쓰의 본부였다.

제법 넓긴 해도 여름엔 덥고 겨울엔 추웠다. 이 동네에선 큰 극단에 속하지만, 극단 일만으로 먹고살 수 있는 사람은 사장이자 극단장인 휴가 씨 정도일 것이다.

다른 단원들은 대부분 겸업이고, 주요 배우들도 회사원과 주부, 학생들로 구성되어 있다. 각본가와 음향 담당도 겸업이다 보니 한 작품을 완성하기까지 엄청난 시간이 걸린다.

물론 대도구와 소도구, 세트까지 극단원들이 직접 제작한다. 설치와 해체를 다 같이 협력해서 작업하기에 본공연 직전에 녹초가 될 때도 가끔 있다. 그래도 하나의 연극을 다 함께 만들어내는 과정이 좋았고, 공연이 끝나 세트를 해체할 때는 아쉽고 쓸쓸한 기분도 들었다.

극단은 단원들의 회비로 운영되는데, 공연 때마다 출연자는 배역에 따른 출연료를 받을 수 있다. 그래봐야 최근엔 버는 돈보다 나가는 돈이 훨씬 많다는 것 같지만.

후문의 낡은 문을 열면 극단원의 신발이 만원 전철처럼 꽉 들어찬 신발장이 보인다. 그 안쪽에는 나무 바닥으로 된 넓은 연습실, 오른쪽 안쪽은 화장실, 거기서 더 안쪽으로 들어가면 대도구가 빽빽하게 보관된 창고가 있다. 연습실 옆에는 대기실과 탈의실, 분장실이 있지만 각각의 공간 구분이 애매한 느낌이 있다. 분장실 안쪽에는 사무실 겸 회의실이 있다.

2층은 휴가 씨의 집이라서 극단원은 올라가지 않는 게 규칙이었다.

평소엔 주민 회관이나 홀에서 공연을 하지만, 소규모 연극은

이 연습실에서 상연할 때도 있다.

그래봐야 관객이 서른 명만 돼도 만원이 될 만한 넓이였지만.

"좋은 아침입니다."

저녁에도 아침 인사를 나누는 건 이쪽 업계에선 일상이다. 어릴 적부터 익숙해진 나한테는 당연하지만, 새로 입단한 사람들은 당황스러워하는 것 같다.

그런데 오늘은 평소와 달리 엄청난 수의 극단원이 모였다. 주차장과 신발장은 이미 꽉 차 있었고, 연습실과 대기실도 익숙한 얼굴들로 북적였다.

작은 극단이라지만 등록된 사람은 쉰 명이 넘는다고 들었다. 그중 스무 명가량은 다른 극단에도 소속되어 있다고 한다.

오늘은 연기자뿐 아니라 무대 뒤를 담당하는 스태프까지 전부 모인 것 같다. 그도 그럴 것이, 얼마 전 열린 오디션 결과가 곧 발표되기 때문이다.

인사를 나누며 안쪽으로 나아갔다. 퇴근하고 온 정장 차림의 남녀와 나처럼 교복을 입은 학생들도 여기저기 눈에 띄었다.

"유나."

목소리가 들린 쪽을 돌아보자 연습실 거울 벽에 몸을 기대고 선 반도 타쿠야가 오른손을 들어 보였다. 키가 커서 어딜 가든 잘 보인다.

인파를 헤치며 간신히 그의 옆으로 갔다.

"많이도 모였네. 요새 이 정도로 많이 온 적은 없지 않아?"

교복 상의를 어깨에 걸친 타쿠야를 보며 고개를 끄덕였다.

“봄 공연은 주목을 많이 받잖아.”

“더구나 이번 공연은 〈오페라의 유령〉이니까. 유나는 크리스틴 역 오디션은 안 봤다고 했지?”

크리스틴은 이 극의 주인공이다. 내가 주인공 역은 지원하지 않는다는 걸 뻔히 알면서도 타쿠야는 으레 물어본다.

그도 유치원 때부터 이 극단에 소속된 베테랑이었다. 사는 동네도 학교도 다르지만, 동갑이기도 해서 친하게 지내는 극단원 중 하나였다.

큰 키에 날렵한 체형은 왠지 모르게 발레 댄서를 연상케 했다. 요즘에는 근육도 생겨서 걷어 올린 셔츠 소매 밑에 드러난 팔뚝이 제법 굵었다.

부드러운 흑발과 무대 위에 있어도 잘 보이는 큰 눈은 강아지처럼 귀엽다가도 표범처럼 날카롭게 보일 때도 있다. 어떤 배역이든 타쿠야가 맡으면 퍼즐 조각처럼 딱 들어맞는 게 신기했다.

……또 키가 컸나 보네.

아, 이럴 때가 아니지. 내가 멍하니 쳐다보고 있었다는 걸 깨닫고 시선을 타쿠야에서 다른 사람들에게로 돌렸다.

어릴 때부터 친하게 지냈는데, 왜 요즘 들어 더 의식하는 걸까. 자석에 끌리듯 무의식적으로 타쿠야를 바라보는 내가 싫다.

지금은 오디션 결과에 집중해야 해.

“크리스틴은 지원하지 않았지만, 칼롯타랑 멕, 지리 부인까지 내가 맡을 수 있는 다른 배역은 다 지원했어."

"대단하네. 지리 부인이면 너보다 훨씬 나이 많은 캐릭터일 텐데."

재미있어 한다는 건, 목소리만 들어도 금세 알 수 있다.

"하긴……."

타쿠야가 말을 이었다.

"유나는 어릴 때부터 〈오페라의 유령〉을 좋아했잖아."

그걸 아는 극단원은 타쿠야 정도밖에 없어. 나는 속으로 중얼거리며 허리를 꼿꼿이 세웠다.

"어떤 역이든 상관없으니까, 꼭 따낼 거야."

"〈오페라의 유령〉은 뮤지컬인데 괜찮겠어? 유나는 음치잖아."

"누구 보고 음치래? 음정 잡는 데 남들보다 시간이 좀 걸릴 뿐이지. 타쿠야 너야말로 제대로 노래할 수 있겠어?"

"뭐래."

우리는 늘 이런 식으로 서로를 놀린다. 학교에서는 상상도 못 할 편안한 대화를 할 수 있는 건, 우리가 같은 꿈을 좇기 때문이리라.

"난 유나가 주인공으로 활약하는 모습을 한 번 더 보고 싶은데 말이야."

타쿠야의 옆얼굴은 여전히 웃고 있었지만, 목소리 톤은 조금 낮아져 있었다. 분명 날 걱정해 주는 거겠지…….

"그 얘기는 전에도 했잖아. 〈가족의 풍경〉에서 주인공으로 뽑힌 것만으로도 충분히 만족했다니까."

"그 공연, 정말 반응 좋았잖아? 왜 조연만 고르는 건데. 그냥 다음 공연부터라도 주인공을 노려보는 건 어때?"

"내가 그럴 것 같아? 게다가 지금은 조연을 연기하고 싶은 나이인걸."

어깨를 으쓱거리는 나를 보며 타쿠야는 불만스럽게 콧방귀를 뀌었다.

"뭐라는 거야."

내가 이유를 말하고 싶지 않다는 걸 눈치챘는지, 타쿠야의 목소리가 다시 밝아지자 한결 마음이 놓였다. 서로에게 생긴 사소한 변화도 바로 알아챌 만큼 우리는 늘 함께였다.

"그런데 조금 걱정이야."

"뭐가?"

"올해는 홀 공연이 없었잖아?"

목소리를 낮추는 타쿠야를 보며 나도 고개를 끄덕였다.

"그러네."

타쿠야의 말대로, 연초에 나카구와 니시구에서 연례행사처럼 열리던 홀 공연이 올해는 취소되었다는 발표를 들었다.

그뿐만이 아니다. 연습실에서 열리는 소규모 연극도 관객 수가 예년에 비해 눈에 띄게 줄었다.

"다른 시에서 열리는 초대 공연도 없었고. 뭔가 위태로운 분위기이긴 해."

타쿠야의 걱정은 기우가 아니었다. 휴가 씨는 만날 때마다 적자라며 한숨을 쉬고, 해가 갈수록 공연 횟수는 분명히 줄어들고 있다.

"괜찮아."

나는 애써 밝은 목소리를 냈다.

"〈오페라의 유령〉이라면 지금까지 우리 공연을 안 보던 사람들도 관심을 가질 거야. 잘되면 다른 동네에서도 공연할 수 있어. 위기는 곧 기회라고 하잖아."

오른손을 힘껏 주먹 쥐며 역설하자 타쿠야는 과장 섞인 한숨을 쉬며 대답했다.

"유나는 낙천적이라 좋겠네. 뭐, 그게 네 장점이지만."

타쿠야를 이성으로 의식하게 된 이후 예전보다 더 자주 기운 넘치는 척을 하게 되는 것 같다.

쓸데없는 고민을 해봐야 소용없다고 나 자신을 타일렀다.

술렁거리던 사람들의 목소리가 갑자기 잦아들었다. 연습실 안쪽에 있는 문에서 휴가 씨가 나타난 것이다.

한가운데로 걸어온 휴가 씨 주위로 극단원이 원을 그리듯 차례차례 모여들어 바닥에 앉았다.

백발에 덥수룩한 수염을 기른 휴가 씨는 올해 나이 52세. 어린 시절 처음 본 얼굴에서 거의 달라진 게 없다고 느끼지만, 그 시절엔 확실히 머리가 까맣긴 했다.

"오늘은 많이도 모였네. 내 생일 파티라도 하려는 건가?"

휴가 씨가 눈을 동그랗게 뜨며 말하자 좌중에서 웃음소리가 터져 나왔다. 타쿠야도 깔깔거렸지만 난 간신히 입꼬리만 살짝 올라간 정도였다. 이제부터 시작될 일을 생각하면 어쩔 수 없이 마음이 조여들었다.

"그래도 몇 년 전하고 비교하면 극단원이 꽤 줄긴 했구만."

사람 수를 헤아리듯 주위를 둘러본 휴가 씨는 잠깐 쓸쓸한 표정을 지었다. 한때는 150명 가까운 극단원이 있었다는데, 지금은 그 절반도 되지 않으니까.

"게다가 올해의 공연 횟수는 우리 극단 역사상 가장 적고."

누구에게랄 것도 없이 말을 하며 휴가 씨는 팔짱을 꼈다. 극단장이자 감독이기도 한 휴가 씨의 목소리는 속삭이듯 이야기할 때도 귀에 쏙쏙 잘 들어왔다.

다른 극단원들도 휴가 씨의 얼굴을 가만히 바라보았다. 처음 보는 얼굴도 몇몇 있었는데, 아마 '유령 극단원'이겠지. 참고로 이 별명은 휴가 씨가 지은 것이다. 오디션에 붙으면 출연하고, 떨어지면 다음 오디션까지 잠적하는 사람들을 말한다.

"내 교섭력이 떨어진 건지, 사람들의 관심이 약해진 건지……. 하지만 다른 극단도 사정은 비슷해. 올해는 전국적으로 공연 횟수가 격감하고 있다더군. 쉽게 말해 연극계가 혹독한 겨울을 맞이한 셈이지."

거기까지 말하고 나서 휴가 씨는 대담하게 히죽 웃었다.

"하지만 우리에겐 최강의 지원군이 있어. 바로 봄 공연이다."

짝짝짝, 하는 박수와 함께 분위기를 띄우는 휘파람 소리도 들렸다.

"이제부터 봄 공연 〈오페라의 유령〉 캐스팅을 발표하겠다. 작년 봄에 맛봤던 울분을 마음껏 풀고 싶겠지? 이번 공연에서는 사상 최다 출연자를 동원하기로 했어."

박수가 터져 나오며 몇몇은 자리에서 벌떡 일어났다. 뜨거운 열정의 파도가 연습실을 가득 채웠다.

이런 느낌은 참 오랜만이네…….

"물론 그만큼 출연료는 줄어들 테고, 스태프 역할도 겸해야 하니까 미리 각오해 둬."

타쿠야가 내게 얼굴을 가까이 대며 귓가에 속삭였다.

"규모가 크네."

"응."

고개를 끄덕이며 시선을 돌리자, 휴가 씨와 눈이 딱 마주쳤다.

"어?"

나도 모르게 목소리가 새어 나왔다. 타쿠야가 의아한 눈빛으로 날 바라보자, 나는 별일 아니라는 듯 고개를 저었다.

"그럼 우선 감독부터 발표하지."

"감독 맡을 사람이야 한 사람밖에 더 있습니까?"

극단원의 야유에 또 웃음소리가 터져 나왔다.

나도 따라 웃으면서도, 방금 느낀 이상한 기분이 머릿속에서 사라지지 않았다. 휴가 씨가 나를 보는 눈빛에는 어쩐지 슬픔이 묻어 있었다.

그저 내 착각이었으려나…….

"이상으로 캐스팅과 스태프 발표를 마친다."

나에게 그 목소리는 마치 사형 선고처럼 들렸다.

"대본은 신발장 옆에 놔뒀어. 당장 내일부터 리딩 시작할 테니까 그런 줄 알고. 학생들은 겨울방학이 시작되면 매일 연습이야. 새해 첫날도 못 쉴 테니 단단히 각오해 둬. 오늘은 이걸로 해산!"

극단원들은 환희에 가득 차 일제히 연습실을 빠져나가기 시작했다.

하지만 나는 움직일 수 없었다. 바닥에 주저앉은 채 집으로 돌아가는 모두의 뒷모습을 멍하니 쳐다볼 뿐이었다.

이걸로…… 끝이라고?

휴가 씨 주위에 장비 스태프가 모여 있었다.

"야."

—내가 너무 정신을 놓고 있었나?

"유나?"

—중요한 캐스팅 발표인데 중간에 못 듣고 지나쳤는지도 몰라.

"이봐."

—대본을 보면 거기 나와 있을지도 몰라. 하지만 몸이 안 움직여.

"이봐!"

어깨를 잡고 확 흔드는 느낌에 옆을 돌아보자, 타쿠야의 얼굴이 바로 가까이 있었다.

"……괜찮아?"

괜찮냐니, 뭐가? 그렇게 묻고 싶었지만 입은 움직이지 않았다.

머리부터 발끝까지 모든 감각이 사라진 느낌이었다.

"저기…… 타쿠야. 내 이름, 부르지 않은 거…… 맞지?"

아무렇지 않은 듯 묻고 싶었지만, 마음처럼 되지 않았다. 갈라진 목소리가 마지막에는 떨리기까지 하면서 제대로 말을 잇지도 못했다.

"잠깐 있어."

슬쩍 몸을 일으킨 타쿠야가 휴가 씨를 부르며 종종걸음으로 달려가는 모습을 보고 나서야 의식이 간신히 몸으로 돌아왔다

메모도 하지 않고 가만히 내 이름이 불리기만을 기다렸다. 하지만 휴가 씨의 입에서 끝내 내 이름은 나오지 않았다.

난…… 봄 공연에 못 나오는 거구나.

간신히 다시 뛰기 시작한 심장이 빠르게 고동치며 가슴을 조여왔다.

전에도 무대에 서지 못한 적은 있었지만, 스태프나 조명에는 이름을 올렸다. 하지만 아무리 되짚어봐도 내 이름은 마지막까지 호명되지 않았다.

타쿠야가 휴가 씨에게 뭔가 이야기하고 있었다. 아……, 하고

그제야 깨달았다.

아까 휴가 씨의 얼굴이 슬퍼 보였던 게 그래서였구나.

나무 바닥에서 끼이익 소리가 나더니 눈앞이 어두워졌다. 시선을 올리자 휴가 씨가 서 있었다.

“할 얘기가 있다.”

“네……?”

“중요한 얘기야. 2층으로 와.”

“2층? 회의실 말고요?”

휴가 씨와 면담할 때는 대부분 회의실로 불려 갔다. 2층에 올라간 건 기억도 잘 나지 않을 만큼 먼 옛날에 딱 한 번뿐이다.

휴가 씨는 내 질문을 무시한 채 연습실을 빠져나갔다. 몸을 일으키자 가벼운 현기증이 일었다.

비틀거리는 내 팔을 타쿠야가 잡아주었다.

“아…… 고마워.”

“괜찮아? 혼자 갈 수 있겠어?”

“응. 저기, 나…….”

바싹 마른 목에서 흘러나온 말은 서투른 휘파람처럼 공기만 진동시켰다. 시선을 떨구는 타쿠야를 보며 역시 내 이름은 호명되지 않았다는 걸 확신했다.

“2층까지 같이 가줄까?”

얼버무리듯 꺼낸 질문이 곧 나에게 돌아오는 대답이었다. 정말로 봄 공연에는 나갈 수 없는 거구나…….

코끝이 찡해오는 것을 참으며 고개를 저었다.

"2층은 원래 출입 금지잖아. 괜찮으니까 혼자 갔다 올게."

뭔가 착오가 있었던 거라고 믿고 싶었다. 2층으로 이어지는 계단 앞에 서서 심호흡을 해보지만, 공기를 제대로 빨아들일 수가 없었다.

어둑어둑한 계단을 오르자 넓은 공간이 나왔다. 극단장실로 불리는 곳인데 책상과 소파 세트, 몇 개의 책장이 놓여 있을 뿐이다. 그 안쪽은 휴가 씨의 거주 공간이라고 한다.

휴가 씨는 창가에 서서 바깥 풍경을 바라보고 있었다.

"실례하겠습니다."

한 걸음 안으로 들어서자, 휴가 씨가 "그래." 하고 돌아보았다.

그리고 가만히 나를 바라보며 물었다.

"힘드냐?"

무슨 대답이든 해야 한다고 생각했지만, 말이 나오지 않았다.

커튼을 친 휴가 씨는 어깨가 들썩일 정도로 크게 한숨을 쉬었다. 그런 모습에도 마음이 꺾일 것만 같다.

"방금 발표했듯이 유나는 봄 공연에 나갈 수 없어."

〈오페라의 유령〉에 출연하는 게 꿈이었다. 그 고전 명작을 언젠가 꼭 연기하고 싶었다. 그런데 스태프로도 참가할 수 없다니…….

가슴속에서 감정이 북받치자 코끝이 찡해지면서 눈앞이 흐려졌다.

안 돼. 우는 것보다 내 마음을 전달하는 게 먼저야.

"부탁드릴게요. 어떤 역할이든 좋으니까, 그냥 참가만 하게 해 주세요."

"아니."

고개를 젓는 휴가 씨는 어째서인지 미소 짓고 있었다.

"오디션에서 보여준 유나의 연기는 훌륭했어. 심사위원을 맡은 베테랑 극단원들도 널 강력히 추천했던 게 사실이고."

"그럼 왜……?!"

"잠깐 앉을까?"

소파에 앉는 휴가 씨를 보며 필사적으로 고개를 가로저었다.

"말해 주세요. 왜 제가 못 뽑힌 거죠?"

"내가 탈락시켰으니까."

"아……."

발밑에서 무언가가 무너져 내리는 소리가 들렸다. 다른 사람들은 날 추천했는데, 휴가 씨가 반대했다고? 방금 그렇게 말한 거야?

"중요한 이야기가 있다. 부탁이니까 앉아라."

눈앞의 소파를 가리키는 휴가 씨는 더는 웃고 있지 않았다. 무언가에 이끌리듯이 까만 소파에 앉자, 휴가 씨는 그걸로 됐다는 듯이 고개를 한 번 끄덕거렸다.

"지금부터 내가 하는 말은, 다른 극단원들은 아무도 모르는 사실이야. 의뢰할 사람에게만 이야기하기로 규칙을 정했거든."

……무슨 말이지?

휴가 씨는 가슴 주머니에서 전자 담배를 꺼내어 입가에 가져가려던 손을 순간 멈췄다.

천천히 소파 등받이에 몸을 기대고 나서야 휴가 씨는 말문을 열었다.

"실은 극단 하마마쓰는…… 이번 봄 공연을 마지막으로 해산하기로 했다."

"네……?"

무슨 뜻인지 모르겠다. 분명히 말은 들렸는데, 내 머리는 받아들이길 거부하고 있었다.

하지만 손끝과 발끝이 우스꽝스러울 만큼 떨리고 있었다.

"……정말로요?"

그렇게 묻는 목소리와 감정까지도 전부 함께 떨렸다. 그 떨림이 모여 눈물로 맺히나 싶더니, 불시에 뺨을 타고 흘러내렸다.

"경영 부진은 너도 알고 있겠지? 올해는 제대로 성공한 공연이 거의 없었어. 수입이 없으면 극단을 유지하기가 상당히 힘들어지지."

"회비는요? 회비를 올리는 건 어때요?"

"아니."

휴가 씨는 고개를 저으며 내 희망을 무너뜨렸다.

"더 이상 올리는 건 불가능해. 설령 회비를 두 배로 올린다고 해도 극단을 유지하는 데는 쥐꼬리만 한 도움밖에 안 돼. 은행도 대출 상환을 한없이 기다려주진 않잖아."

"그래도 봄 공연에는 보조금도……."

"그것도 중단될 거야."

고개를 들자 싸움에 지친 남자의 얼굴이 보였다. 미간에 주름이 잡힌 채, 힘없이 소파에 앉아 있었다.

"시 의회가 내년도 예산에 연극 업계에 대한 보조금을 포함하지 않았대. 그게 뭘 의미하는지 알겠지? 시의 협력이 없으면 전단지 같은 홍보물도 우리가 알아서 해야 하고, 홀 사용료도 극단이 전액 부담해야 한다는 건데…… 그런 게 가능할 리가 없잖아?"

휴가 씨에게서 시선을 떨구자 눈물 한 방울이 또다시 바닥에 떨어졌다.

어쩌면 좋지…….

이 극단이 있어 준 덕분에 지금까지 열심히 할 수 있었던 건데.

집에서도 학교에서도 소속감을 못 느끼는 나에게 더없이 소중한 장소. 그런데 그곳이…… 사라진다고?

이제부터 나는 어떻게 하루하루를 버티지? 뭘 목표로 살아야 할까? 마치 어둠 속에 내던져진 듯한 기분에 세상의 모든 색이 희미해졌다.

"우리 극단 상황을 이제 이해했지?"

울음을 참아내며 고개를 끄덕였다. 그리고 문득 깨닫는다.

"그렇다면…… 마지막인데 봄 공연에 출연시켜 줘도 되잖아."

나와 타쿠야는 휴가 씨와 워낙 오래된 사이라서 연습할 때를 제외하면 가족을 대하듯이 편하게 반말로 이야기하곤 했다. 물론 다른 사람 앞에선 되도록 존댓말을 쓰지만.

"뭐, 그렇긴 한데……."

천장을 노려보듯 올려다보던 휴가 씨가 갑자기 말끝을 흐리며 쉽사리 입을 떼지 못했다.

극단을 해체한다는 이야기는 그렇게 쉽게 꺼내놓고서, 뭔가 말하기 껄끄러운 일이 있는 눈치다. 하루 이틀 본 사이가 아니니까 바로 알 수 있다. 이건 나에게 뭔가 부탁할 일이 있을 때 보이는 태도였다.

"혹시…… 나한테 뭔가 시키려는 거야? 맞지?"

몸을 움찔한 휴가 씨가 체념하듯 말했다.

"그래."

예상이 적중했다.

"유나에게는 다른 일이 들어와 있어."

"다른…… 일?"

그러고 보니 아까 '의뢰' 어쩌고 했던 것 같은데.

휴가 씨가 양손을 깍지 끼며 앞쪽으로 몸을 기울이자 낡은 소파가 삐거덕댔다.

"쉽게 말해 극단 하마마쓰는 살아남은 극단원을 이용해 부업을 시작했다."

"부업이라면……. 아르바이트 같은 거?"

"아르바이트랑 비슷한데, 어디까지나 극단원만 할 수 있는 일."

무슨 말인지 이해하지 못한 채, 아까 흘러내린 눈물을 소매로 닦아냈다.

"'렌털 극단원'이라는 건데, 홈페이지에 올렸더니 바로 의뢰가 들어왔거든."

"렌털 극단원……?"

처음 들어보는 단어에 머릿속이 물음표로 가득 찼다.

청소 같은 집안일을 도와야 한다면 힘들 것 같았다. 나는 전형적인 O형 성격이라서, 자랑할 일은 아니지만 내 방도 늘 정신없이 어질러져 있다.

"쉽게 말해 렌털 가족 같은 거야. 이제 곧 겨울방학이잖아? 그동안 의뢰받은 집에 가서 그 가족으로 살아가면 돼. 유나가 해줬으면 하는 일이 바로 그거다."

마치 시간이 멈춰버린 듯했다. 정보가 너무 많아 뇌에서 다 처리하지 못했다. 가족으로 살아가라는 게 대체 무슨 소리지?

"겨울방학 동안 그 집에서 쭉 살아야만 하는 거야? 잠깐만, 지금 그게 말이 돼?"

"자세한 내용은 네가 맡아주기로 하면 다 말해 줄게."

눈물은 이미 쏙 들어갔다. 대신 들끓는 분노가 폭죽처럼 터져 나왔다. 고작 부업 때문에 오디션에서 떨어뜨렸다는 말을 듣고 어떻게 용서할 수 있을까?

"그런 일을 누가 받아들이겠어? 내가 얼마나 〈오페라의 유령〉에 출연하고 싶어 했는지 잘 알면서……! 물론 뮤지컬이니까 나한테 버거울 수도 있지만……."

"음치는 치료가 안 되잖아."

"으, 음치 아니거든?! 남들보다 음정 잡는 데 시간이 좀 걸리는 것뿐이라니까 그러네!"

휴가 씨는 무섭게 덤비는 나를 양손으로 제지하며 사과했다.

"그래, 미안해. 미안하다고."

혼란스러운 와중에도 한 가지 분명한 건 지금 내가 진짜 나 자신이 되어 감정을 터뜨리고 있다는 사실이었다.

어디서든 가면을 쓰고 지내는 일상에서 내 진짜 감정을 표현할 수 있는 유일한 장소가 이곳이었다.

소파에 앉아 허리를 꼿꼿이 폈다. 일단은 이야기부터 제대로 들어봐야겠지…….

간신히 진정된 나를 보며 휴가 씨가 한숨을 크게 내쉬었다.

"만약에 유나가 이 의뢰를 받아주면 극단은 살아남을 수 있어. 스폰서도 붙고, 성공 사례가 나오면 의뢰도 더 많이 들어오겠지. 은행도 이 사업에 관심을 보이면서 부채 상환일을 꽤 늦춰주겠다고 했고."

"저기……."

"쉽게 말해, 우리 극단의 운명이 이제 유나한테 달렸다는 거다."

이건 거의 협박이잖아…….

"의뢰는 겨울방학 동안만이야. 만약 가준다면 봄 공연 때 꼭 스태프로 일할 수 있게 해줄게. 그러니까 부탁한다. 꼭 맡아줘."

휴가 씨의 진지한 눈빛을 피하듯 고개를 숙였다.

모르는 사람의 집에 가서 가족으로 생활한다니……. 내가 그런 일을 할 수 있을까.

"하지만 다른 집에 가려면 부모님 허락도 필요하잖아? 엄마가 찬성할 리 없어."

내가 봄 공연에 나가지 못한다는 걸 알면 엄마는 불같이 화낼 것이다. 거절의 구실로 그것만큼 좋은 게 없다는 생각에 혼자 뿌듯해졌다.

하지만 휴가 씨는 내 대답을 예상했다는 듯 입꼬리를 쓱 올렸다. 오늘은 정말 불길한 예감이 끝도 없이 이어지는 날 같다.

"오늘 아침, 여기 오시라고 해서 말씀드렸어. 처음에는 탐탁잖아 하셨지만, 광고나 드라마 일을 잡아 올 수 있다면 찬성하시겠대."

마지막 동아줄이 툭 끊어지고 말았다.

마음속 한탄을 한숨으로 토해내면서…….

"……잠깐 생각 좀 해보고."

간신히 그렇게 대답했다. 너무나도 갑작스러운 이야기라, 바로 대답할 수가 없었다.

"시간 없으니까 빨리 답해 줘. 일단 이건 간단한 의뢰 내용이고, 일을 받아들인다면 자세한 자료는 우편으로 보낼게."

종이 한 장을 내게 휙 건넸지만, 지금은 보고 싶지 않았다.

종이를 가방에 넣다가 문득 기억이 떠올랐다.

그러고 보니…… 지난번에 받았던 그 편지. 보내는 사람에 분명 '의뢰인'이라고 적혀 있었다. 맞아, '의뢰를 수락해 줘서 고맙습니다.' 어쩌고 하는 내용도 있었고.

"저기……."

말을 꺼내려다가 그만두었다. 그래, 다른 사람에게 이야기하면 안 된다고도 쓰여 있었지.

어느새 전자 담배를 입에 문 휴가 씨가 연기를 맛있게 내뿜었다. 이제 자기가 맡은 배역은 끝났다는 듯 느긋한 태도가 얄미웠다.

물끄러미 노려보는 내게, "아, 그렇지." 하고 휴가 씨가 시선을 돌렸다.

"이 사실은 다른 극단원들한텐 비밀이야. 특히 타쿠야한테는."

"여기서 왜 타쿠야가 나와?"

휴가 씨는 의외라는 듯 눈을 동그랗게 뜨며 고개를 갸웃거렸다.

"너희 사귀는 거 아니었냐?"

"뭐래. 그냥 극단 동료거든?"

그래, 그와 나는 단지 극단 동료일 뿐. 어릴 때부터 일주일에 몇 번씩 만나는 게 일상이었다.

내가 이 렌털 극단원 의뢰를 받아들이지 않으면, 극단은 망하고 타쿠야와도 멀어지게 될 거다.

그렇게 생각하니 또 눈물이 날 것 같은 나였다.

"그래, 들었어. 정말 좋은 제안이잖니."

렌털 극단원 이야기를 꺼내자 엄마가 싱긋 미소 지었다.

엄마가 허락했다는 게 정말이었구나…….

세면대에서 손을 씻으며 한숨을 쉬는데……,

"무슨 불만이라도 있는 거니?"

그런 말로 또 내 속을 뒤집어 놓는다.

—전부 다 불만이지. 내가 왜 남의 집에 가서 살아야 하는데? 극단원을 렌털한다는 말은 듣도 보도 못했고, 너무 비현실적이잖아. 난 그런 것보단 봄 공연에 출연하고 싶다고!

그렇게 말할 수 있다면 얼마나 좋을까.

말없이 식탁에 앉는 내가 동의한다고 생각했는지, 엄마는 싱긋 웃으며 차를 끓여주었다.

오늘 저녁 메뉴는 내가 정말 좋아하는 햄버그스테이크였지만, 먹는 기쁨은 평소의 절반도 되지 않았다.

"그래도 렌털 극단원이란 말은 들어본 적도 없어."

"들어본 적이 없으니까 좋은 거지. 남들이 안 하는 일을 해야 미디어의 관심을 받는 거란다. 그러다 보면 당연히 네가 주목받을 수밖에 없어. 이건 정말 좋은 기회야."

휴가 씨의 계획에 완전히 넘어간 엄마에게 하고 싶은 말을 햄버그와 함께 집어삼켰다. 엄마는 물컵을 내 앞에 내려놓으며 맞은편 자리에 앉았다.

"그러고 보니 TV 쪽 일이 들어왔다는 것 같더라. 엄마가 요청한 것도 아닌데, 사장이 '꼭' 부탁한대."

또 거짓말. 울컥하는 마음을 달래며 고개만 살짝 끄덕이는 게 최선이었다.

"어쨌든 극단을 살리려면 유나가 열심히 하는 수밖에 없어."

그건 알고 있다. 알고는 있지만, 그걸 받아들이는 건 또 다른 문제다.

엄마는 늘 이런 식이다. 날 TV에 내보내기 위해서라면 수단과 방법을 가리지 않으니까.

"게다가 널 직접 지명한 거니까 얼마나 영광스러운 일이니?"

젓가락을 든 손이 그대로 멈춰버렸다.

"지명했다니?"

"사장한테 못 들었니? 이번 의뢰를 맡긴 사람이 유나를 지명했다던데."

"응……? 나를 왜……?"

"그야 네 연기력을 높이 산 거겠지. 엄마 생각엔, 이번 의뢰 건으로 유나의 연기력을 확실히 담금질할 수 있을 것 같아. 실제 가정에서, 실제 딸을 연기할 기회가 또 어디 있겠니?"

"……응."

확실히 연기력이 강하게 요구되는 일이었다.

"그래도 이상해. 카나라는 사람은 어디에 있는 거야?"

"카나?"

고개를 갸웃거리는 엄마에게 설명을 하려다 그만두었다. 휴가 씨에게 받은 자료에는 내가 '나츠미 카나'라는 여자애를 연기할 거라고 적혀 있었다. 개인 정보일 테니 섣불리 언급하면 안 될 것 같았다.

맛있게 차를 홀짝거리는 엄마는 기분이 좋아 보였다.

"뭐가 됐든 극단이 망하는 것보다야 낫잖니. 게다가 봄 공연이라면 그다음 해에도 있을 거고. 그걸 목표로 또 노력하면 돼."

엄마는 이해 못 한다. 내가 봄 공연을 얼마나 나가고 싶었는지, 애초에 이해하려고도 하지 않는다.

아……. 그제야 하얀 편지가 떠올랐다. 그 편지는 의뢰인이 보낸 것이다. 그렇다면 그 사람이 나를 지명했다는 얘긴데…….

입을 다물고 있는 내게, 엄마가 웬일인지 머뭇거리며 입을 열었다.

"그리고 말인데……. 저기, 그게……."

이번에도 나쁜 예감이 스멀스멀 고개를 들었다.

"아빠 말인데, 어쩌면…… 우리 이혼하게 될지도 몰라."

"뭐?"

젓가락을 접시 위로 떨어뜨려 짤그랑 소리가 났고, 그중 하나가 테이블 위를 굴러 바닥으로 떨어졌다.

"……왜 그래야 하는데?"

"구체적으로 무슨 이유가 있는 건 아냐. 그냥, 같이 살아봐야 서로 싸움만 할 테니까, 이런 관계를 계속 이어가는 건 좋진 않을 것 같아서."

"……."

"아빠가 친권은 절대 양보하지 않겠다고 하는데, 넌 어떻게 생각하니?"

충격보다도 놀라움이 더 컸다. 그런 이야기가 나올 정도로 사이가 험악해졌다니…….

"물론 당장 그러겠다는 건 아냐. 네가 고등학교 졸업할 때까지는 기다릴 생각이란다."

—그만해.

싫다는 의사를 표현하고 싶은데도, 마치 대본의 대사를 읽듯이…….

"그렇구나."

나는 쓸쓸하게 말하고 있었다.

"친권 문제는 서로 잘 이야기해 볼 생각이니까 너무 걱정 말고."

—그만하라고.

"싸움만 하는 부모랑 지내는 건 유나한테도 교육상 좋지 않을 테니까."

—그만하라니까!

필사적인 마음속 외침이 엄마에게 가닿지 못한 채 가슴속에서 맴돌았다. 엄마는 고개를 살짝 숙인 채 내 눈치를 살폈다. 나는 젓가락을 내려놓았다.

여기서 내 마음을 제대로 표현하지 않으면 후회하리란 건 불 보듯 뻔했다.

그런데도…….

"솔직히 말하면 이혼하지 않았으면 좋겠지만, 엄마 아빠가 그렇게 결정했다면 반대하지 않을게."

내 안에 존재하는 또 한 명의 유나는 그렇게 말했다. 입가에 미소까지 띠면서.

엄마는 그 말에 안심했는지, 눈가의 주름이 잘 보일 만큼 밝게 웃고는 싱크대에서 설거지를 시작했다.

오늘은 내게 인생 최악의 날이다. 어째서 이런 일이 생기는 거지?

갑자기 집 안이 세트장처럼 차갑게 느껴졌다. 여기에 있고 싶지 않아. 퇴근하고 돌아온 아빠를 어떤 표정으로 대해야 할지도 모르겠고.

"엄마."

"응?"

싱크대에서 그릇을 헹구며 대답하는 엄마에게…….

"잠깐 편의점 좀 갔다 와도 돼?"

"조심해서 다녀오렴."

모녀의 대화 장면은 이걸로 끝이다. 가방을 들고 부엌을 빠져나와 현관에서 신발을 신었다.

"다녀오겠습니다."

그렇게 말하며 문을 닫고 걸어가기 시작했다. 가는 동안 걸음이 점점 빨라지더니 어느새 나는 달리고 있었다.

어두운 밤길에 내 발소리만 울려 퍼졌다. 아아, 요즘은 무언가로부터 도망만 치고 있는 것 같다.

눈물은 나오지 않았다. 갑자기 너무 많은 일이 벌어져 감각이 마비된 건지도 모르겠다. 아니면 아까 휴가 씨 앞에서 너무 많이 울어서일 수도 있고.

편의점 불빛이 보이기 시작했다. 암흑 속에 빛나는 편의점 외등에 벌레들이 빨려들듯 모여들었다.

마침 가게 안에서 손님이 나오고 있었다. 내게는 아직 까만 그림자로만 보였다.

"어라, 유나?"

익숙한 목소리에 가까이 다가가자……,

"이런 우연이 다 있네."

타쿠야가 생긋 웃고 있었다.

"어, 여긴 무슨 일이야?"

"내일 먹을 아침밥을 사러 왔지."

등에 멘 가방을 가리키는 타쿠야. 집에 갔다가 다시 나온 건지, 운동복 차림인 타쿠야를 보고서야 온몸의 긴장이 쭉 풀리는 기분이 들었다.

"유나야말로, 이 시간에 뭐 하는 거야?"

타쿠야가 세워둔 자전거에 올라타며 묻는 걸 보고……,

"나도 비슷해. 빵 사러 왔어."

거짓말로 얼버무렸다.

"흐음."

입술을 비죽 내민 채 자전거에서 내린 타쿠야가, 편의점 건물 뒤쪽으로 걸어가자 나도 자연스럽게 뒤를 따랐다.

주차장의 가장 구석진 바닥에 털썩 앉아버리는 타쿠야. 나는 영문도 모르면서 그 옆에 따라 앉았다.

"그래서, 왜 그렇게 기운이 없는 건데?"

타쿠야가 그런 질문을 주저 없이 꺼내자 나도 모르게 시선을 바닥으로 떨구었다.

"……그걸 어떻게 바로 알지? 부모님하고 조금 싸웠는데……. 아니, 말다툼까지 한 건 아니지만 가슴이 답답해서."

"그랬어? 난 또 봄 공연 때문인 줄 알았지. 2층으로 올라간 다음에 어떻게 됐는데?"

윽, 하고 말문이 막히고 말았다.

휴가 씨는 다른 극단원에겐 비밀로 하라고 했다. 특히 타쿠야한테는 절대 말하면 안 된다고 당부한 지 몇 시간도 안 됐는데.

"그게…… 겨울방학에 할머니 댁에서 지내야 하거든. 상태가 좀 안 좋으셔서."

"야마구치현이던가?"

"응. 슈난시라는 곳이야. 봄 공연에 출연하려면 겨울방학 내내 연습에 참여해야 하잖아? 야마구치에서 연습하러 오는 건 아무래도 힘드니까, 이번엔 빠지기로 했어."

이건 아까 받았던 A4용지 맨 마지막에 적혀 있던 거짓말이었다. 난 할머니 댁에 병간호하러 가는 걸로 되어 있었다. 참고로 실제 우리 할머니는 너무 정정해서 탈이다.

들키지 않도록 연기에 집중했다. 그러지 않으면 오래 알고 지낸 타쿠야에게 전부 들킬 테니까.

"일단 스태프로는 참가하게 해줄 수도 있대. 그러니까 타쿠야도 열심히 해."

아무리 생각해도 부자연스러운 변명이었다. 들킬지도 모른다는 불안에 가슴이 빠르게 두근거렸다.

슬쩍 옆을 보니 타쿠야는 고개를 끄덕이며 가벼운 말투로 중얼거렸다.

"그랬구나."

많이 아쉬워할 줄 알았는데, 예상치 못한 반응에 당황하고 말았다. 다시 옆을 보자 타쿠야는 나를 향해 씩 웃었다.

쳐다보지 않으려 할수록 오히려 요즘은 더 자주 눈길이 간다는 걸 깨달았다. 나는 언제나 내 감정을 한 박자 늦게 알아차린다.

—사랑 따위 하고 싶지 않아.

타쿠야를 향한 감정을 깨달은 뒤 나에게 수도 없이 타일렀던 말이다. 연극배우가 되고 싶다는 꿈이 그 이유 중 하나였고, 부모님의 불화를 계속 지켜본 탓도 있었다.

사랑 따위 한다고 해서 좋을 건 없다. 타쿠야와는 지금처럼 적당한 거리를 유지하면서 계속 친구로 지내고 싶었다.

하지만 우리를 이어주는 극단 하마마쓰가 풍전등화 같은 신세라니…….

지금 솟구치는 감정에 이름을 붙인다면 애절함, 괴로움, 답답함일 것이다.

감정이 소용돌이치면서 숨조차 제대로 쉴 수 없었다. 누군가를 좋아한다는 게 나라는 존재를 이 정도로 뒤흔드는 일일 줄이야. 마치 거센 폭풍 속에서 필사적으로 버티는 듯한 기분이었다.

"실은 말이지, 나도 이번에 출연 못 하게 됐거든."

타쿠야의 가벼운 말투에 정신이 다시 현실로 돌아왔다.

"어, 출연 못 한다는 게 무슨 말이야?"

"말 그대로지 뭐. 봄 공연에 못 나간다고. 내 이름도 호명되지 않은 거, 몰랐지?"

그러고 보니 그때는 내 일에만 정신이 팔려서 타쿠야가 어떤 배역을 따냈는지 확인하지도 못했다.

"말도 안 돼. 타쿠야도 출연 못 한 적이 한 번도 없었는데……."

타쿠야는 우리 극단의 어린 배우 중에선 최고 실력자였다. 주인공이 남자 학생인 연극에서는 대부분 그가 발탁되었고, 자기보다 나이 많은 배역도 잘 소화해 냈다.

그래, 내가 타쿠야를 좋아하게 된 데는 그 뛰어난 연기력도 한몫했을 것이다. 타쿠야처럼 자연스러운 연기를 하고 싶었지만, 난 질투할 수준도 안 될 만큼 격차가 크다고 생각했다.

타쿠야의 연기는 자연스러우면서도 평소의 모습과는 전혀 달랐다. 대사가 없는 장면에서도 사람들의 시선을 집중시키는 존재감을 뽐냈다. 노래하듯 말하는 모습은 늘 관객들을, 특히 나를 매료시켰다.

고개를 가로저으며 감정의 파도를 다시금 억눌렀다. 지금은 그런 생각을 할 때가 아니다.

타쿠야의 옆얼굴은 평온하게 미소 짓고 있었다.

"너한테 말 안 했지만, 고등학교 연극부에도 들어갔거든. 겨울방학에는 그쪽 연습을 해야 해서."

처음 듣는 이야기였다. 사는 곳은 가까워도 계속 다른 학교에 다녔으니까 동아리에 관한 건 아는 바가 전혀 없었다.

"그래도 극단 공연이 더 중요하잖아. 무슨 일이 있어도 나가야 해."

"유나가 할 말은 아니잖아?"

그 말을 듣자, 얼굴이 확 달아올랐다. 반박하기 힘든 말이네…….

"3학년 졸업식 때 공연할 연극이니까 대충할 수가 없어. 이번에 좋은 결과를 내면 언젠가 부장이 될지도 모르고. 그리고 방학 동안에는 아르바이트도 해야 해. 우리 집은 엄마밖에 안 계시니까."

"그래……."

타쿠야가 극단보다 고등학교 동아리를 중요시한다는 게 슬펐다. 나와의 거리가 점점 멀어지는 것 같아 한숨이 나왔다.

주차장에 차가 들어오면서 순간 하얀 불빛이 우리를 비췄다. 눈이 부셔 얼굴을 찡그리자 봄 공연에 나가지 못한다는 사실도, 부모님 일도, 모든 게 꿈속 이야기처럼 느껴졌다.

"난 말이지, 옛날부터 유나가 대단하다고 생각했어."

갑작스러운 말에 '어?' 하고 소리 없이 입 모양만으로 반응했다.

"무대에 나가기 전엔 죽을 만큼 긴장하다가도, 조명을 받는 순간 배역에 바로 몰입하잖아. 그것도 빙의된 게 아닐까 싶을 만큼 완벽히 그 배역에 빠져서 망설임이 안 보이니까."

"그건 타쿠야가 옆에서 격려해 주니까 그렇지."

"반대로 난 무대 전반부까지는 괜찮은데, 후반부에는 힘이 빠져버리잖아."

우리는 둘이서 하나였다. 무대에 오르기 전 멘탈이 특히 약한 나에게 '괜찮아.'라고 타쿠야가 마법을 걸어준다. 반대로 결말이 가까워질수록 긴장이 심해지는 그에게도 내가 똑같이 마법의 말을 되돌려준다.

서로에게 마법을 걸어주면서 마지막까지 잘 해냈던 거야.

“나도 타쿠야가 대단하다고 생각해.”

“난 일개 단원일 뿐이야.”

“그게 대단한 거지.”

어리둥절해하는 타쿠야 옆에서 나는 하늘을 올려다보며 별을 찾았다. 오늘 밤은 조각구름이 퍼져 있어서 별빛이 평소보다 희미하게 반짝였다.

“중학생 무렵부터 TV 쪽 일이 줄어서 극단에 제대로 나올 수 있게 됐잖아? 극단에 복귀해서 기쁘면서도 왠지 실패하고 돌아온 기분도 들었어.”

그때가 떠올랐는지 타쿠야도 “그래.”라며 맞장구쳤다.

그렇다. 극단으로 돌아오기를 바랐으면서도, 그 시절에 품었던 감정은 열등감이었다.

“그때까지의 연습 부족을 메꾸려고 열심히 했는데, 하나도 잘 안됐어. 마음이 급할수록 엉뚱한 노력만 하게 되고, 어딘가 모르게 자만하는 부분도 있었던 것 같아. 타쿠야는 그런 날 늘 응원해 줬잖아.”

처음 극단에 돌아왔을 때 조금 어색했지만, 타쿠야는 예전과 똑같이 나를 맞아주었다. 엄격한 조언도, 작은 칭찬도 전부 기뻤다.

“유나가 노력한 덕분이야. 〈가족의 풍경〉에서 주인공으로 뽑힌 것도, 다들 당연한 결과라고 생각했으니까.”

침체기를 버틸 수 있게 도와준 동지는 쑥스러운 듯이 미소 짓더니, 내 손에 들린 스마트폰을 가리켰다.

"히이라기 유키의 블로그, 지금도 보는 거야?"

"엉. 그런데 히이라기 유키 씨……라고 해야지. 우리한테는 대선배님인데."

"뭐 어때. 잠깐 보여줘 봐."

스마트폰의 백라이트를 켜고 즐겨찾기에 등록된 기사를 불러냈다.

히이라기 유키는 왕년의 대배우다. 나이는 아마 60대를 넘겼을 것이다. 그녀는 도쿄 극단 출신으로 영화를 중심으로 활동했다. 최근에는 일을 쉬는 것 같아서 볼 기회가 줄어들었지만, 영원한 내 롤모델이었다.

옛날에는 주인공만 맡았는데, 10년 전부터는 조연 제의밖에 받지 못한다고 들었다. 그녀의 연기는 해당 배역에 '빙의'했다는 칭송을 받으며 어떤 역할이든 훌륭히 소화해 냈다.

내가 불러온 블로그 게시물의 제목은 '히이라기 유키와 연극' 이었다. 거기서 내 이름이 딱 한 번 언급된 적이 있었다. 그 게시물을 발견한 날 밤에는 한숨도 못 잘 만큼 흥분했다. 그녀가 극단 하마마쓰의 무대를 보러 와주었다는 사실이 믿기지 않았다. 딱 한 번 주연을 맡았던 〈가족의 풍경〉을 내 롤모델이 봐주었다는 사실이 그 어떤 유명 드라마에 출연한 것보다도 훨씬 기뻤다.

"오. 그래, 이거. 아마…… 그래, 이쪽이었지."

감상에 젖은 듯 눈을 가늘게 뜬 타쿠야의 얼굴이 스마트폰 불빛 속에서 다정하게 드러났다.

"음, '그 연극에는 인생보다 훨씬 현실적인 공간과 시간, 언어가 넘쳐났다.' 정말 잘 쓴 글이긴 하네."

"에이, 소리 내서 말하지 마."

부끄러워서 스마트폰을 다시 빼앗으려는 나의 손을 피하며, 타쿠야는 말을 이어갔다.

"여기부터가 진짜잖아. '또 주인공이 스기사키 유나라는 점도 놀라웠다. 광고를 통해 방송계에 진출한 그녀가, 설마 저렇게 엄청난 연기를 해내는 아이였을 줄이야. 배역에 완벽히 빙의한 듯한 연기에 관객은 함께 웃고, 울고, 분노했다. TV에서 늘 방긋 웃기만 하던 모습에서는 상상할 수 없는 연기 실력에 감탄할 수밖에 없었다. 불과 3일 동안만 상연되는 지방 연극에서만 느낄 수 있는 절박함과 긴장감. 이래서 연극을 그만둘 수 없다.' 정말 엄청난 극찬이야."

타쿠야의 목소리로 들으니까 눈으로만 읽을 때보다 훨씬 더 현실감이 느껴져서 나도 모르게 두 손으로 뺨을 감쌌다.

스마트폰을 돌려받아 그 글을 다시 읽자, 감동이 온몸을 휘감는 듯한 기분이었다. 동시에 그 이후로 주인공 오디션을 볼 수 없게 된 사실도 떠올랐다.

타쿠야와 휴가 씨는 내게 그 이유를 수도 없이 물었지만, 늘 대답을 얼버무리기만 했다. 심지어 엄마는 지금도 내가 주인공 오디션에서 연달아 고배를 마신 줄로만 알았다.

"저기, 타쿠야."

"응?"

"그동안 난 계속 주인공 오디션을 안 봤잖아."

내가 무슨 말을 하려는지 전혀 예상이 안 됐는지, 타쿠야는 호기심을 드러내듯 내 쪽으로 몸을 돌렸다.

지금까지는 설명하고 싶어도 잘 되지 않았지만, 극단의 존속이 위태로운 이 상황이라면 내 마음을 솔직히 털어놓을 수도 있을 것 같았다.

"유키 씨도 그렇게 적어주셨지만 내 연기는 옛날부터 '빙의 연기'라고 평가받았고, 나도 그렇게 생각해."

"무슨 배역을 맡든 완벽히 그 사람이 되잖아. 새로 들어온 극단원들은 '카멜레온'이라고 부른다던데."

카멜레온……이라. 하지만 카멜레온은 결코 마음까지 복사해내지는 못한다.

"배역에 몰입하면 내가 나 말고 다른 존재가 되는 듯한 기분이 들어. 마음이 그 캐릭터에 잠식당하면서 내 인격이 조금씩 사라지는 것처럼……. 다음 대사를 말하려고 하는데, 전혀 다른 말을 해버린 적도 있었잖아."

"갑자기 애드리브한 적이 많았지."

무대 위에서 위치나 동선에 대한 대본 지시를 완전히 무시할 때도 있었다. 연기하는 배역에 몸과 마음을 빼앗기면서, 진짜 나는 모래처럼 스르르 녹아내리는 기분이 선명히 느껴졌다.

"그래도……."

타쿠야가 가벼운 말투로 입을 열었다.

"결과만 놓고 보면 그 무대는 대성공이었고, 〈가족의 풍경〉은 유나의 대표작이 되었잖아?"

"그래서 더 무서워."

그래. 그게 얼마나 무서운 건지 알게 됐다.

"주인공이라면 무대 위에 계속 서 있어야만 해. 그 작품에서는 운 좋게 잘 넘어갈 수 있었지만, 다음엔 어떻게 될지 몰라. 모두가 함께 만든 무대를 엉망으로 만들어버릴 것만 같아서……."

무대에 서면 바로 그 배역에 몰입할 수 있었다. 하지만 그만큼 현실과 연기 사이의 경계선이 희미해진다. 그래서 나는 주인공 오디션을 볼 수 없었다. 유키 씨처럼 되기에는 아직 경험이 부족하다고 생각했으니까…….

"역시, 이 블로그 글이 올라온 뒤의 평가가 신경 쓰였던 거야?"

타쿠야의 질문에 말문이 막혔다. 유키가 올린 블로그 글에 선 넘은 댓글이 달리면서 작게 논란이 되기도 했던 터였다.

'전 주인공 아이의 연기가 무서웠는데요.'

'뭐에 씐 사람 같아서 섬뜩했어.'

'이틀 연속으로 봤는데, 공연 때마다 주인공 아이가 전혀 다른 연기를 해서 다른 배우들을 곤란하게 하는 것처럼 보였어요.'

악플에 충격을 받았다기보다도 내가 깨닫지 못한 사실을 지적받은 기분이었다. 확실히 그때는 흥분해서 날뛰는 말에 올라탄 것처럼 이리저리 질주하는 느낌이었다. 다음에 또 주인공을 맡게 된다면, 나 자신을 통제하지 못할 게 뻔했다.

"난 사람이 성장하려면 안 좋은 의견도 꼭 필요하다고 생각해. 하지만 그 무대는 안 좋은 의견보다는 유나를 극찬하는 사람들이 훨씬 많았잖아? 그쪽에 귀를 더 기울여보는 건 어떨까?"

타쿠야는 늘 이렇게 나를 격려해 준다.

"그러네."

좀 더 그럴듯한 대답을 할 수 있었다면 좋았을 텐데. 그 일 이후로 주목받는 일이 두려워졌다.

"빙의 연기는 유나의 큰 장점이라고 생각해. 난 솔직히 부러운걸. 안 좋은 댓글을 쓴 사람도 조금은 질투 나서 그랬을 거야."

"그럴까?"

"나만의 해석을 한번 들어볼래?"

응, 하고 고개를 끄덕이는 내게 타쿠야는 잠시 심호흡하고 나서 입을 열었다.

"유나는 말이지, 배역에 빙의하면서도 너 자신을 어떻게든 붙잡아두려고 하는 거잖아? 난 오히려 반대라고 생각해."

"반대?"

타쿠야가 따뜻한 눈빛으로 나를 바라보았다. 마치 나를 아끼는 듯한 시선에 무의식적으로 고개를 푹 숙이고 말았다.

"억지로 통제하려고 하니까 폭주하는 거야. 빙의를 두려워하지 말고 그냥 몸을 맡겨봐. 그런 다음, 맡은 배역에 유나 나름대로 생명을 불어넣으면 된다고 생각해."

"내 나름대로 생명을……. 미안, 무슨 말인지 잘 모르겠어."

실망한 듯 어깨를 축 늘어뜨린 타쿠야가 "에이, 뭐야." 하고 투덜거렸다. 그래도 타쿠야가 나를 위로해 줘서 기뻤다. 아까 그렇게 도망치듯 집을 나와버렸지만, 편의점에 오길 잘한 것 같다.

"어쨌든 열심히 노력해 볼게. 집에서도 학교에서도 소속감을 못 느끼는 나한테는 극단 하마마쓰뿐이니까."

말하고 나서 흠칫하며 입을 다물었다. 그리운 옛날이야기를 계속하다 보니 마음이 풀어졌던 건지도 모르겠다. 극단 밖에서 내가 어떻게 생활하는지 잘 모르는 타쿠야에게 쓸데없는 걱정을 끼치고 싶진 않았다.

부자연스럽게 침묵하는 내 머리 위로 타쿠야가 손을 툭 얹었다.

"그게 유나의 싫은 점이야."

"어?"

"그런 식으로 주위 사람들만 신경 쓰잖아. 그게 잘못됐다는 건 아니지만, 어릴 때부터 어른들한테 둘러싸여 지낸 탓이겠지."

돌아보니 타쿠야는 나를 똑바로 바라보고 있었다.

"내 앞에선 그냥 너로 있으면 돼."

"그냥 나……라니?"

학교에서 쓸데없는 말은 하지 않는 나? 아니면 부모님의 이혼조차 반대하지 못하는 나? 타쿠야를 좋아하게 된 나?

"어떤 게 진짜 나인지 잘 모르겠어."

걱정하게 만들고 싶지 않았지만, 나도 모르게 약한 소리가 흘러나왔다.

"생각나는 대로 뭐든 말하면 돼. 난 다 진지하게 들어줄 테니까."

"고마워."

그제야 내게서 떨어지는 손. 이제 떨어져 버린 손.

애달픈 기분이 고개를 내민다. 그렇게 따뜻하게 대해 주면 더 좋아할 수밖에 없잖아.

우정이 사랑으로 바뀐 순간은 기억나지 않는다.

연애에 대한 달콤한 환상 같은 건 이미 옛날 일이다. 아역 시절에 어른들 세계를 너무 많이 봐버린 탓인지 현실주의자가 되고 말았다. 세제 광고에 나오는 잉꼬부부도, 인스타에서 미소 짓는 커플도, 모두 누군가의 관심을 끌기 위한 허상일 뿐.

내 부모님만 봐도 알 수 있다. 영원한 사랑 따위 세상에 존재할 리 없다. 있다고 믿었던 이들도 결국은 서로 다투다가 그게 환상이었음을 깨닫게 마련이다.

사랑 따윈 착각이라는 걸 알면서도, 내 마음은 어째서 타쿠야를 간절히 원하는 걸까?

타쿠야를 좋아하게 된 감정을 게임처럼 리셋해 버릴 수 있다면 좋을 텐데.

아, 맞다, 하고 그제야 깨달았다. 내가 렌털 극단원 일을 거절한다면 이런 대화도 할 수 없어지는구나.

세상에서 가장 좋아하는 사람도, 나답게 존재할 수 있는 공간도 전부 잃게 돼…….

그렇다면 이 의뢰를 받아들여야만 한다. 극단 하마마쓰를 위해, 그리고 무엇보다 나 자신을 위해.

조용히 끓어오르는 감정을 말로 옮기는 것에 용기 따윈 필요하지 않았다.

"덕분에 기운이 많이 난 것 같아. 고마워."

"나도 드디어 유나의 고민을 들을 수 있어서 만족해."

아하하, 하고 웃고 나서 타쿠야는 슬쩍 몸을 일으켰다.

"또 보자."

"또 봐."

자전거를 타고 사라져 가는 뒷모습을 눈으로 배웅하면서 나는 가방에서 스마트폰을 꺼냈다.

―내 안식처를 지키고 싶어.

상대방은 금세 전화를 받았다.

"휴가 씨. 저, 할게요. 렌털 극단원이 될게요."

무대에 서기 전, 위축된 나에게 타쿠야가 마치 마법을 건 것 같았다.

나는 나츠미 카나를 완벽히 연기할 것이다.

제2막

무대의 막이 오를 때

휴가 씨의 차에 타는 게 얼마 만일까.

여전히 낡아빠진 빨간색 쿠페가 거친 숨을 몰아쉬며 필사적으로 달렸다. 슬쩍 주행거리 표시기를 들여다보니 전부 9에서 멈춰 있었다.

핸들을 쥔 휴가 씨는 평소보다 수염이 더 덥수룩해서 할아버지 같았다.

“나츠미 씨 가족 자료는 완벽히 기억했겠지?”

“어느 정도는.”

휴가 씨의 옆얼굴을 보며 대답하고 나서 차의 히터 온도를 올렸다.

“어느 정도로는 안 되지. 거기 도착하면 자료는 전부 차에 두고 가야 하는데.”

“나도 알아. 그래도 생각해 봐. 기말고사가 끝난 뒤부터 읽기 시작했는걸. 거의 시험공부를 두 번 연속하는 기분이었어. 시간이 너무 부족했어."

"대본은 잘 외우잖아."

"그야 대본이라면 잘 외울 수 있지. 하지만 이건 달라."

무릎 위에 올려놓은 두꺼운 파일을 스르륵 넘겼다. 나츠미 씨 가족의 가계도부터 가족 구성원과 개인 취향에 대한 데이터가 빽빽이 적혀 있었다.

나츠미 카나를 완벽히 연기하려면 그녀뿐만 아니라 가족 전원에 대한 세세한 정보까지 머리에 담아야 했다. 그 양이 상상을 초월할 만큼 많았다.

"즉흥극이라고 생각해. 개인 정보를 많이 알수록 더욱 심도 있는 인물상을 그려낼 수 있어. 프로 연극배우라면 그 정도는 당연한 일이라고."

정말 휴가 씨한테는 두 손 두 발 다 들었다. 의뢰를 받아들이자마자 우편으로 보낸 자료가 웬만한 참고서보다도 두꺼웠으니까.

무책임하게 떠넘겨놓고 그런 말이 참 쉽게도 나오네.

"대본처럼 대사가 있는 게 아니잖아. 자료는 질릴 만큼 봤지만, 전부 머릿속에 들어왔는지 자신이 없어."

애초에 처음 해보는 일이다 보니 자료를 들여다볼수록 불안감만 커졌다.

나츠미 씨 댁은 텐류구에 있다. 같은 하마마쓰시여도 차로

1시간 넘게 걸리는 산간 동네다. 난 오늘 처음 가보는 곳이었다.

그 집 가족은 부모님과 1남 2녀의 자식들, 그리고 할머니까지 모두 여섯 명이다. 나는 그중 막내딸 나츠미 카나를 연기해야 한다. 고등학교 1학년이니까 나와는 동갑이었다.

내가 뽑힌 건 카나와 나이가 같다는 점이 가장 큰 이유였을 것이다.

차는 시내를 빠져나와 넓은 전원지대를 통과했다. 건너편으로 여러 겹의 산줄기가 보였다.

12월 26일 오늘은 날씨가 흐려서 왠지 불안한 출발이었다.

차가 덜컹 튀어 오르자 자료가 무릎 위에서 거의 떨어질 뻔했다. 차량 히터에서는 여전히 미적지근한 바람만 나왔다. 제대로 작동하지 않는 모양이다.

"머리 잘랐네. 이미지 변신이냐?"

"사진에 나온 카나 양의 모습에 맞춘 거야. 자른 지 얼마 안 되어 미용사가 '또 왔어?' 하고 놀라더라고."

"잘만 해주면 커트비는 경비로 처리해 줄게."

"그런 뜻으로 한 말 아니야."

내가 의뢰를 받겠다고 한 뒤로 계속 기분이 좋은 휴가 씨. 반대로 내 기분은 우울해질 뿐이다.

"저기, 그보다도 이번 일은 가족 중에 누가 의뢰한 거야?"

"그건 극비 사항이야. 의뢰인에 대한 건 알려줄 수 없고, 그 목적도 말할 수 없어. 오늘부터 1월 6일까지 유나는 나츠미 카나를 연기하면 돼. 그것뿐이야.”

“의뢰인이 나한테 직접 지시를 내리지도 않는다는 소리야?”

“그렇겠지.”

넌지시 떠보는데도 휴가 씨는 무심한 얼굴이다. 아무래도 그 편지에 관한 건 휴가 씨도 전혀 모르는 것 같다.

그 이후로 의뢰인의 편지도 더는 오지 않았다.

“자료를 읽을수록 궁금해지는데, 내가 카나 양을 연기한다는 걸 가족들은 다 알고 있어? 그럼 카나 양 본인은 지금 어디 있는데?”

“극비래도.”

시치미를 뚝 떼는 옆얼굴을 노려봤지만, 휴가 씨는 아랑곳하지 않았다. 신호가 빨간불로 바뀌어 차가 덜컹 멈춘 뒤에야, 그는 고개를 돌려 나를 보았다.

“계약상으로는 네가 의뢰인에 관해 알아내려는 것조차 금지야. 부탁이니까 제발 쓸데없는 짓은 하지 마라. 모처럼 마련된 기획이 전부 엉망이 된다고.”

“안 해. 그런 짓은.”

“상황이 어떻게 되든 절대 그러면 안 돼. 이번엔 일반적인 무대와 달리 연기하는 시간이 상당히 길어. 불안한 마음이 들더라도 꼭 마지막까지 연기해야 한다.”

의뢰인에게서 편지가 왔다는 사실은 비밀로 해두자고 다시금 마음속으로 다짐했다.

엔진음과 함께 차가 다시 달리기 시작했다. 강변도로로 올라가자 주위 풍경이 확 달라졌다.

목적지에 점점 가까워지고 있지만 아직 마음의 준비는 되지 않았다. 급하게 한 번 더 자료를 펼쳐 보자 그곳에는 카나의 세계가 펼쳐져 있었다. 나츠미 카나는 늘 밝게 웃는 아이이다. 가족을 아끼며 특히 할머니를 좋아한다. 반 친구들과도 사이가 좋아서 노력하는 사람을 보면 열심히 응원해 준다고 한다. 약점은 잠깐이라도 틈만 나면 잠들어버린다는 점. 그래서 친구들이 붙여 준 별명이 '잠자는 숲속의 공주'였다.

자료에는 같은 반 친구와 이웃 사람에 대한 정보도 자세히 적혀 있었다. 그걸 당연히 아는 사람처럼 행동해야 했다.

카나의 사진도 몇 장 들어 있었다. 사진 속 카나는 하나같이 눈부실 만큼 밝게 웃고 있었다. 나보다 작은 얼굴에 어깨까지 내려오는 머리카락은 만져보지 않아도 부드럽다는 걸 알 수 있었다. 나보다 피부도 뽀얗고 눈도 큰 데다 무엇보다도 활기 넘치는 성격이라는 게 사진에서도 잘 드러난다.

나와는 정반대 성격의 사람을 연기해야 하는데…….

"어라……."

무의식중에 중얼거리자, 휴가 씨가 내 쪽을 힐끔거렸다.

"아무것도 아냐."

즉시 얼버무린 다음 한 번 더 사진을 살펴보았다.

순간적으로 사진 속 카나를 어디선가 본 듯한 느낌이 었다. 하지만 기분 탓이겠지.

연기를 하기 전엔 늘 마음이 불안정해져서 나도 모르게 쓸데없는 생각을 하게 된다. 타쿠야의 마법 같은 말도 기대할 수 없는 지금, 그야말로 절체절명의 순간이었다.

"말하는 걸 깜빡했는데, 스마트폰도 나한테 맡겨놓고 가. 지갑에도 포인트 카드 같은 게 들어 있을 테니까 전부 두고 가고."

휴가 씨가 당연하다는 투로 이야기하자 당황스러웠다.

"뭐? 그런 얘기 없었잖아."

"네가 안 물어봤잖냐."

휴가 씨의 뻔뻔한 태도에 울컥했지만…….

"넌 철저히 나츠미 카나여야 하니까 당연한 거다."

그렇게 말하니 반박할 수가 없다.

하지만 타쿠야한테서 전화가 오면 어쩌지? ……아니, 평소에 그런 일이 거의 없긴 하다.

친구라 부를 만한 사람도 없고, 스키 여행을 가자는 시나의 제안도 그 뒤로 한 번 더 거절했다.

"타쿠야도 봄 공연에 안 나온다면서."

"고등학교 동아리 때문이라지?"

"연극부에 들어간 거 알고 있었어?"

"그것도 몰랐냐?"

순간적으로 말문이 막혔다.

"얼마 전에야 들었어. 아무리 그래도 봄 공연만큼 중요한 게 어딨다고……. 안 그래?"

"누구나 그렇게 돼. 극단 하마마쓰라는 작은 세계에서 점점 벗어나는 거지."

너무 아무렇지 않게 말하는 걸 보고 어안이 벙벙해진 내게 휴가 씨는 "어쩌겠냐."라며 어깨를 으쓱하더니 히터 스위치를 껐다가 켰다가 했다. 설비가 낡아서인지 차 안은 좀처럼 따듯해지지 않았다.

"다양한 세계를 알아가는 것도 좋은 공부가 돼. 기회가 된다면 다른 길을 찾아 나서도 상관없어. 유나도 극단 하마마쓰 생활을 즐기는 것도 좋지만, 여기에만 붙들려 있으면 안 된다."

휴가 씨의 말이 무슨 의미인지 알 수 없었다.

"극단 하마마쓰를 버리고 떠나도 된다는 거야?"

"나중에 그럴 때가 온다면 말이야. 난 다들 각자 하고 싶은 일을 하면서 행복해지길 바란다."

그렇게 말하는 휴가 씨의 표정이 조금 쓸쓸해 보이는 건 기분 탓일까?

자료를 정리해 뒷좌석에 내려놓았다.

다들 하고 싶은 일을 찾아 극단을 떠난다면, 나는 과연 웃는 얼굴로 배웅할 수 있으려나…….

"난 극단 하마마쓰에 남고 싶어. 그러기 위해 노력할 거야."

"고생시켜서 미안하다."

"요즘 진짜 이만저만 고생이 아니야. 겨울방학 숙제도 오늘까지 끝내야 해서 크리스마스도 반납하고 열심히 했지. 뭐. 그렇다고 크리스마스에 특별한 계획이 있었던 건 아니지만."

내가 장난스럽게 말하자 휴가 씨는 재밌다는 듯 웃다가 이내 목소리를 낮췄다.

"이제 곧 도착한다. 준비는 됐어?"

"응. 열심히 해볼게."

"곤란한 일이 생기면 텐류후타마타역에 공중전화가 있으니까, 나한테 전화해. 가끔은 집에 전화해도 되고. 그리고 1월 3일은 쉬는 날이야. 친구들하고 놀러 가는 걸로 되어 있으니까, 그날은 네 진짜 집으로 돌아가도 돼."

"내가 집으로 돌아간다는 건 의뢰인도 알고 있는 거야?"

"응. 그래도 밤까진 돌아와야 한다. 이 주변은 버스도 자주 안 다니니까 시간표 확인하는 것 잊지 말고. 그리고 절대 의뢰인에 관해 알아내려고 하면 안 돼."

이 정도로 반복해서 주의를 주는 걸 보면 의뢰인은 그 가족 중 한 명인 걸까?

안 된다고 하자마자 추리를 시작한 나 자신을 자제시키며 "알았어." 하고 대답했다.

"철저히 나츠미 카나가 되어야 해. 가족들은 받아들일지 몰라도, 예를 들어 이웃 사람들은 이상하게 생각할 수도 있어. 그래도 절대 네 정체를 밝히면 안 돼."

"그래도 렌털 극단원을 고용했다는 걸 모르는 사람들한테 내가 나츠미 카나라고 할 수는 없잖아?"

"그건 네 연기력으로 잘 얼버무려야지."

얼버무리라니……. 또다시 불안이 고개를 들기 시작했다.

"만약에…… 만약에 말이야, 내가 렌털 극단원이라는 사실이 들통나면 어떻게 돼?"

"그 순간 디 엔드The end. 렌털 극단원도 우리 극단도 끝장나는 거지."

"책임이 너무 무겁네."

모든 운명이 나한테 달려 있다는 사실이 기쁘기는커녕 긴장되기만 했다.

"유나는 빙의 연기를 잘하잖아. 완벽하게 나츠미 카나가 되면 모든 게 잘 흘러갈 거다. 난 그렇게 믿어."

"히이라기 유키 씨처럼 될 수 있을까……?"

그렇게 중얼거리며 편의점에서 타쿠야와 나누었던 대화를 떠올렸다. 배역에 몸을 맡기면서 내 나름대로 성명을 불어넣으면 된다고 했는데…….

내가 정말 그렇게 할 수 있을까? 할 수 있다고 해도, 구체적으로 뭘 어떻게 해야 하지? 가슴속에서 불안감이 점점 커졌다.

한 번만 더 히이라기 유키 씨가 써준 블로그 글을 읽고 싶었지만, 차는 버스 정류장 옆에서 무심하게 멈춰 섰다.

왼쪽으로는 완만한 언덕길이 이어졌다. 오른쪽으로는 산기슭에 신사의 기둥 문이 쓸쓸히 세워져 있었다. 주위를 둘러봐도 집이 드문드문 있을 뿐이다.

같은 도시 안에 이런 곳이 있었다니…….

"여기가 가장 가까운 버스 정류장이야. 옆의 언덕길을 올라가면 나츠미 저택이 보일 거다. 큰 집이니까 바로 알 수 있어."

문을 열고 밖으로 나와보니까 내가 사는 동네보다도 훨씬 추운 것 같았다. 당장이라도 눈이 내릴 것처럼.

"그럼 다녀오겠습니다."

"그래."

짐은 그리 많지 않았고 가방 안에 든 건 대부분 속옷이었다. 옷은 카나의 것을 입으면 된다는데, 사이즈가 잘 맞을지 걱정이었다.

완만한 언덕길 끝에서 집의 지붕이 보였다. 조금 고지대에 세워진 저택인 거겠지.

추위에 손끝이 떨렸다. 아니, 긴장으로 떨리는 건가. 하지만 이건 무대가 아니었다. 대본도 없고 명확한 결말조차 알 수 없는 연극이다.

"유나야."

고개를 돌리자 휴가 씨가 운전석에서 얼굴을 내밀며 시원하게 웃고 있었다.

"심호흡하고. 네 연기를 마음껏 보여주고 와."

입은 다문 채 고개를 힘껏 끄덕여 대답했다.

한쪽 손을 들며 떠나는 차를 배웅했다.

일단은…… 버스 정류장의 시간표부터 확인했다. 집으로 돌아가려면 버스로 텐류후타마타역까지 가야 하는 것 같다. 1월 3일이 쉬는 날인데, 정월 연휴에는 별도의 운행 스케줄이 있다고 한다. 시간표를 머릿속에 집어넣은 후 걷기 시작했다.

언덕길은 그렇게 길지 않았고, 금세 목적지인 나츠미 저택이 모습을 드러냈다. 자료 사진 덕분에 바로 알아볼 수 있었다.

어디에나 있을 법한 2층짜리 단독 저택. 세워진 지 상당히 오래됐을 일본식 기와지붕의 전통 가옥이었다. 주변에 다른 집은 없었고, 언덕길이 우측 안쪽으로 이어졌다.

문 앞에 서서 한 번 더 깊게 숨을 쉬었다.

드디어 시작이구나…….

아직도 떨리는 손끝으로 힘껏 주먹을 쥐었을 때였다.

"잠깐만요."

"까악!"

바로 뒤에서 목소리가 들려오는 바람에 반사적으로 비명을 지르고 말았다. 돌아보니 한 여자가 서 있었다.

모자에 선글라스, 몸을 다 덮는 까만 코트를 입고 있어서 나이를 짐작하기 힘들었다. 누가 봐도 수상한 차림새여서 나도 모르게 두어 걸음 뒤로 물러났다.

"아, 죄송합니다. 깜짝 놀라서……."

헤헤 웃어 보였지만, 여자는 입꼬리를 내린 표정으로 나츠미 저택을 올려다보았다.

"학생, 이 집에 볼일 있어요?"

"어, 아아……."

뭐라 대답해야 할지 몰라 말끝을 흐렸다. 갑자기 이렇게 전개될 줄은 전혀 예상하지 못했다. 무대 옆 통로에서 멍하니 대기하다가 갑자기 등 떠밀려 관객 앞에 선 기분이었다.

"여기는 나츠미 씨 댁이잖아요. 무슨 일로 왔죠?"

추궁하는 말투가 우호적인 태도와는 거리가 멀었다. 갑작스럽지만 이건 내 연기력을 시험받는 상황이라고 해도 되겠지.

다시 말해 이미 무대는 시작된 것이다.

나츠미 카나를 연기해야 해……. 수상하게 여기지 않도록 잘 넘어가려면 어떻게 해야 할까?

생각하자마자 내가 연기해야 할 배역이 머릿속에 떠올랐다.

나는 가방을 바닥에 내려놓고, 풀이 죽은 듯 고개를 푹 숙였다.

"스마트폰을 떨어뜨렸거든요."

"스마트폰?"

"그래서 찾고 있어요. 아까 틀림없이 이 근처를 지나왔는데…… 아, 어쩌지. 없네."

불안하게 주위를 둘러보았다. 실제로 지금 난 스마트폰을 갖고 있지 않았다. 휴가 씨의 차 안에서 아무렇게나 뒹굴고 있을 테니까.

여자는 이해했다는 듯 몸에서 긴장을 풀더니 민망해하면서 고개를 숙였다.

“그랬구나. 놀라게 해서 미안해요.”

나보다는 나이가 많아 보였다. 목소리를 봐서는 20대 중반 정도 같았다.

“저기, 무슨 중요한 일이라도 있나요?”

천진난만한 표정을 연기하는 나를 보며 여자는 고개를 저었다.

“조금 조사할 게 있어서.”

“……탐정이세요?”

겉으로 보이는 이미지로 질문하자 여자는 “풋.’ 하고 웃었다.

“실은 기자란다. 아, 비밀이니까 아무한테도 말하지 마.”

“네.”

순순히 고개를 끄덕이면서도 시선은 스마트폰을 찾는 듯이 바닥을 맴돌았다.

“같이 찾아주고는 싶은데, 지금 바빠서.”

아까보다 말투가 훨씬 부드러워진 여자가 “미안.”이라는 말만 남긴 채 가버렸다.

……기자가 왜 나츠미 저택을 조사하는 거지? 대체 뭘 알아내려는 걸까?

여자의 모습이 언덕길 아래로 사라질 때까지 지켜보고 나서 한 번 더 나츠미 저택을 자세히 살펴봤다.

대문 인터폰 옆쪽으로 자동차 다섯 대는 세울 만한 넓은 주차장이 보였지만, 지금은 한 대도 세워져 있지 않았다.

대문을 열고 안으로 들어갔다. 주차장을 왼쪽으로 끼고 들바닥 길을 나아가니 정원이 나왔다. 잔디밭의 가장자리 안쪽에는 화단과 함께 잘 손질된 나무가 있었다.

집 앞 언덕길 위로 일본식 전통 가옥 몇 채가 보였다. 아마 그 집 사람들 눈에도 잘 띄겠지. 여기 머무는 기간 동안, 밖으로 나올 때마다 주의하지 않으면 수상하게 생각할 것이다.

문득 타쿠야의 얼굴이 떠올랐다.

지금쯤 고등학교 연극부에서 연습하고 있으려나. 어떤 연극에서 어떤 역할을 맡았을까?

한동안 못 만난다고 생각하니 외로움이 고개를 들었다.

어린 시절부터 늘 함께였는데, 어쩌다가 이렇게 좋아하게 된 걸까……. 타쿠야도 없는 연극에 혼자 출연하려니 너무나도 불안했다. 그만큼 늘 가까이에서, 늘 같은 목표를 향해 노력해 왔으니까.

그래, 난 그동안 타쿠야 덕분에 버틸 수 있었던 거구나…….

“안 돼.”

일부러 소리 내어 말하면서 내 감정을 억눌렀다.

이제부터는 철저히 연기에 집중해야만 한다. 그것도 무대에 오른 몇 시간이 아니라, 며칠이고 계속.

한 번 더 크게 심호흡했다. 무대에 나서기 전에 꼭 하는 의식이었다. 들이마시는 숨과 함께 배역을 흡수하고, 뱉어내는 숨과 함께 긴장감을 몸에서 내보낸다.

몇 번이고 반복하다 보면, 이윽고 내 안에 배역이 스며들기 시작한다.

이제 추위도 느껴지지 않는다.

—이제 나는 '나츠미 카나'가 된다.

현관문을 열고 신발을 벗는다. 우리 집과는 다른 냄새가 났다.

"다녀왔습니다."

카나는 밝은 성격에 가족 모두에게 사랑받는 아이다. 누구보다 수다스럽고 잘 웃는다. 자료에서 읽은 그녀의 이미지가 내 말과 움직임을 통해 조금씩 살아나는 느낌이었다.

집 구조는 머릿속에 들어 있다. 일반적인 단독주택보다 조금 넓은 정도다.

복도를 나아가서 왼쪽에 있는 문을 열면 부엌과 거실이 있는 공간이다. 사진을 몇 번이고 봤으니까 대강은 파악할 수 있었다. 하지만 직접 들어와 보니 부엌이라기보단 곳간, 거실이라기보단 마루라는 표현이 더 잘 어울렸다. 거실 안쪽에 장지문이 있는 걸 보면 나름대로 서양식과 일본식을 섞은 것 같다.

그래도 자료에는 '부엌', '거실'이라고 적혀 있었으니까, 명칭은 그쪽을 따라야겠지. 마음속 메모지에 다시 수정해서 기록했다.

거실 소파에 조용히 앉아 TV를 보는 고령의 여성이 보였다.

"다녀왔습니다, 할머니."

"어어."

방금 발견했다는 듯 이쪽을 돌아보는 할머니를 보자 긴장으로 또다시 몸이 굳었다. 할머니가 과연 나를 카나로 생각해 줄까…….

렌털 가족에 관한 건 가족들도 이미 안다고는 했지만, 그 목적이 뭔지 모르는 이상 어디까지 이해하고 있는지는 미지수였다.

무대 위에서는 바로 배역에 몰입할 수 있지만, 상대방의 반응을 예상할 수 없는 탓에 아직 완벽히 카나가 되지 못하고 있다는 걸 자각했다.

"어서 와야. 일찍 왔네잉."

할머니가 온화한 표정으로 천천히 몸을 일으켰다. 그녀의 이름은 나츠미 미후네. 안도의 한숨이 나올 뻔했지만, 꾹 눌러 참았다.

"나갔다 오느라 피곤혀지? 주스라도 마실려?"

뒤로 묶은 백발이 잘 어울렸다.

"어, 응."

"날씨를 보니께 비가 올 것 같어. 요새는 계속 비만 내리잖여."

할머니는 시즈오카 사투리로 말하면서 냉장고에서 주스를 꺼내주었다.

내가 카나라는 사실을 조금도 의심하지 않는 눈치다.

렌털 가족이 올 거라는 사실을 받아들였기 때문일까? 아니면 사람을 잘 못 알아보는 걸까?

자료에는 일흔다섯 살이라고 적혀 있었다. 허리가 굽어서 걷기도 힘들어 보이는데 솜씨 좋게 유리잔에 주스를 따랐다.

"고마어."

'고마워'에서 마지막 모음 하나를 생략하는 게 카나의 말투였다. '고마어', '빨리 아', '어려어' 등등 이걸 수십 번이나 연습한 덕분에 완전히 입에 붙었다.

"사야카도 집에 있어. 쇼는 동아리 때문에 늦는가벼."

"오빠는 동아리에만 푹 빠져 살잖아. 오늘도 늦게 오겠네. 아, 엄마는?"

"장 보러 갔어. 금방 올겨."

실제로 안에 들어와 보니 역시나 건물 자체는 크지 않았다. 정원하고 주차장만 지나치게 넓은 느낌이었다.

자료에 따르면 원래 할아버지와 할머니가 살던 집이었는데, 할아버지가 20년 전에 돌아가시면서 아들 가족이 함께 살기 시작했다고 한다.

따라서 카나에게는 자신이 태어난 생가이기도 했다.

"카나는 그거여?"

소파에 슬며시 앉은 할머니가 TV에 시선을 고정한 채 말했다.

"그거라니?"

되물으면서 부엌 의자에 앉아 주스를 마셔보니 너무 셨다. 그래, 할머니가 매실주스를 매년 6월마다 만든다고 적혀 있었지. 지금 12월인데, 여름에 만든 게 반년이 넘도록 남아 있는 건가?

"겨울방학에는 뭐 특별한 일정이 있는겨?"

할머니가 살가운 목소리로 물었다.

"특별히 없어. 그냥 집에서 빈둥대려고. 아, 친구들은 만날 수도 있겠네."

내가 절대 쓰지 않을 말투에도 저항감은 없었다. 괜찮아, 조금씩이라도 카나가 되어갈 수 있다면…….

부엌에 있는 6인용 식탁에 손을 올려놓고 다리를 흔들었다.

"그려, 그려."

이런 걸 푸근한 미소라고 하는 걸까. 사진으로 봤을 때도 따뜻한 사람일 것 같았지만, 실제로 만나보니 훨씬 인상이 좋았다.

"그래도 겨울 축제에는 갈 거제?"

"겨울 축제?"

나도 모르게 되묻고 말았다. 그야 겨울 축제에 관한 정보는 자료에 없었으니까. 하지만 지금 장면에서는 다 안다는 척 고개를 끄덕여야 했다.

초조해진 내 심정을 아는지 모르는지, 할머니는 미소를 지으며 나를 바라보았다.

"'텐류 겨울 축제' 말이여."

"아아, 그거. 당연히 가야지."

이게 정답인지 확신할 수는 없었지만 일단 장단을 맞추기로 했다. 나중에 스마트폰으로 검색해 봐야겠네. 아, 스마트폰이 나한테 없지.

"신주神主님이 '올해도 온 가족 다 함께 오세요.'라고 하셨어.

할미는 원래 허리가 아파서 안 가려고 했는디 말이여."

할머니는 TV에 시선을 고정한 채 난감한 표정을 짓고 있다. 신주님이란 건, 아까 차에서 내렸을 때 오른쪽에 보이던 산의 신사를 담당하는 사람을 말하는 걸까. 그 산길을 올라가는 건 확실히 힘들어 보였다.

"그런 말 말아요. 다 함께 가는 날을 얼마나 기대하고 있는데."

카나라면 분명 그렇게 말하겠지.

"그랴, 그럼 생각해 봐야겠네잉."

"잘 마셨습니다. 방에 가 있을게."

이 자리에서 빨리 도망치기로 했다. 일단 태세를 재정비하면서 1인 작전 회의를 해야겠다. 잠깐의 대화만으로도 진이 다 빠졌다.

싱크대에 유리잔을 놓고 거실로 나왔다. 앞으로 이런 일이 몇 번이나 반복되려나.

계단을 올라가자 2층에는 방이 네 개 있었다. 앞쪽부터 나, 오빠인 쇼, 언니인 사야카, 그리고 부모님의 침실이다. 할머니는 다리가 안 좋아서 1층 일본식 방을 쓴다고 했다.

내 방문을 열려는데, 옆의 옆 방에서 사야카로 보이는 여자가 나왔다.

머리를 길게 기른 사야카는 남매 중에서 나이가 가장 많은 대학교 4학년이라고 자료에 적혀 있었다. 직장인이라고 해도 믿을 만큼 어른스러운 분위기라 사진과는 인상이 약간 달랐다.

그녀는 나를 발견하고는 걸음을 딱 멈추고, 말 그대로 굳어버렸다.

"어……."

경악 혹은 존재해선 안 될 것을 목격한 듯 눈을 홉뜨고 있다.

괜찮아. 나는 이미 완벽하게 카나가 되어 있으니까.

"언니, 나 왔어."

"카나……?"

마른침을 꿀꺽 삼키며 목이 꿀렁거리는 게 보였다. 가까이서 보니 뽀얀 피부에 가늘면서 긴 눈이 인상적이었다.

"뭐래. 언니, 잠이 덜 깼어?"

아하하, 하고 웃는 내 앞에서 사야카는 퍼뜩 시선을 내리깔며 퉁명스럽게 말했다.

"갑자기 서 있으니까."

'거기 갑자기 서 있는 걸 보고 놀랐다.'라는 뜻이겠지. 자료에서 본 대로 무뚝뚝하면서 낯을 가리는 성격인 것 같다.

"밖에 엄청 추워. 언니, 오늘 눈이 올까?"

"나야 모르지."

사야카는 쌀쌀맞게 말하더니 아래층으로 내려갔다.

보통 이런 반응이겠지. 동생이 다른 사람이 되어 나타났는데.

방문을 열자, 소녀다움으로 가득한 공간이 나타났다. 침대는 시트도 이불도 연한 핑크색. 방구석에 놓인 책상은 오렌지색이고 벽지는 옅은 파랑.

소소하게 컬러풀한 방이었다. 모노톤을 선호하는 나와는 정반대 취향인 것 같다.

옷장 안도 마찬가지로, 나라면 절대 사지 않을 옷들이 가득 걸려 있다. 이런 걸 입어야만 한다니…….

파란색 니트 카디건과 황록색 바지로 갈아입었다. 다행히 나랑 같은 M 사이즈였다.

"난 이 방이 좋아."

중얼거린 목소리를 생각으로 바꾸어 몸과 머리에 스며들게 했다.

문에 등을 기댄 채 양탄자 위에 앉았다. 보드라운 털을 손으로 더듬으며 다시금 방 안을 둘러보았다.

그래, 내가 너무 좋아하는 내 방이야. 침대와 책상, 옷장이 있을 뿐, 불필요한 물건은 하나도 놓여 있지 않다. 반면에 책상 위는 물건으로 넘쳐났다. 수많은 사진 액자가 책상 위로도 모자라 벽에까지 걸려 있었다.

친구와 팔짱을 낀 카나, 신사 경내에서 손으로 V자를 그려 보이는 모습. 축제 때인지, 사과 탕후루를 든 사진까지 있다. 모든 사진이 카나의 미소로 가득했다.

문득 책상 위에 뭔가가 놓인 걸 발견했다. 의자에 앉아 손을 뻗기도 전에 알아챘다.

"이건……."

겉면에 손 글씨로 '스기사키 유나 씨에게'라고 적혀 있었다. 전에 집에서 받았던 편지 봉투와 똑같다는 걸 깨닫고 다급히 봉투를 열었다.

스기사키 유나 씨에게

우리 집에 오신 것을 환영합니다.
이제부터 당신은 나츠미 카나로서 생활해야 합니다.
보내드린 자료를 떠올리며 진짜 카나가 되어주세요.
이 편지는 읽고 난 뒤에는 잘게 찢어 버려주시기 바랍니다.

의뢰인

편지를 끝까지 읽고 한 번 더 반복해서 읽은 다음, 지시대로 잘게 찢었다. 그대로 놔두면 다른 누군가가 발견할 수도 있을 테니까.

"너무 비현실적이야."

그렇게 중얼거리며 책상 서랍을 열자 귀여운 디자인의 문방구가 가지런히 정리되어 있었다.

할머니는 내가 카나라는 걸 바로 믿어주었다.

하지만 사야카는 아니었다. 두 사람 반응이 왜 이렇게 다른 걸까.

의뢰 내용에 관해 추측하면 안 된다고 했지만, 궁금하지 않을 수 없다. 진짜 카나는 어디에 있지?

어디 먼 곳에라도 간 걸까? 병원에 입원했을지도 모르고, 유학 간 걸 수도 있다.

어느 쪽이든 이 집에 살지 않는다는 건 확실하다. 그게 아니라면 사야카가 그런 반응을 보인 걸 설명할 수 없고, 애초에 렌털 극단원 같은 걸 고용하지도 않았을 테니까.

아아, 생각하지 않기로 해놓고 또 멋대로 추리하고 있네.

편지를 방금 읽어놓고도 아직 전혀 나츠미 카나가 되지 못하고 있다.

"정신 차리자."

눈을 감고 주문처럼 되뇌었다. '나는 나츠미 카나다.'

그때 아래층에서 현관문 열리는 소리와 함께 "다녀왔어요." 하는 여자 목소리가 들려왔다.

장을 보러 나갔다던 엄마가 돌아온 거겠지.

—어떻게 할까?

망설이면서도 방에서 나왔다. 가족을 아끼는 그녀라면 분명 이렇게 했을 테니까.

계단을 내려가 거실로 통하는 문을 열었다.

"어서 오세요, 엄마."

지금 상황에서 나올 대사로는 낙제점이리라. 집 안에서 말끝에 굳이 '엄마'를 붙이진 않을 테니까.

사 온 물건들을 에코백에서 꺼내던 엄마는 나를 보자마자 순간 놀란 표정을 지었다.

"어머, 와 있었구나."

엄마는 얼버무리듯 냉장고 쪽으로 몸을 돌렸다.

"아까 왔어. 어라, 언니는 어디 갔지?"

"오다가 만났는데 저녁까지는 돌아온다더라. 대학생은 참 팔자가 좋다니까."

"그래?"

엄마인 요리코는 마흔일곱 살이다. 내 진짜 엄마와 비슷하게 마른 체형이었지만, 관자놀이 부근에 새치가 섞인 머리카락을 대충 뒤로 묶은 모습이었다. 화장기도 없어서 원래 나이보다 많아 보였다.

내 얼굴을 일부러 보지 않으려 하는 듯했고, 그게 정상적인 반응이라 생각했다.

만약 우리 집에 낯선 여자가 들어와 있다면, 나 역시 당황스러울 테니까.

"카나야."

할머니가 불러서 "네엣." 하고 대답하며 소파 쪽으로 몸을 돌렸다.

"저기 봐야, 비가 내리는디?"

창가로 다가가니 아까보다 흐려진 하늘에서 가느다란 빗줄기가 내리고 있었다. 할머니만큼은 내가 카나라고 믿는 것 같다.

"진짜네. 눈으로 바뀌진 않으려나?"

"텐류시에선 눈이 잘 안 내리잖여."

차를 후루룩 들이마시는 할머니. 부엌에 선 엄마가 "어머." 하고 웃었다.

"어머니, 텐류시는 없어졌어요. 한참 전에 하마마쓰시로 통합됐잖아요."

"그랬나?"

"2005년쯤이었을걸요? 카나야, 넌 기억하니?"

"아니. 그때쯤이면 난 아직 아기였을걸."

창문에 등을 붙이며 대답하자 엄마는 허공을 올려다보며 손가락을 헤아렸다.

"그러네. 얼마 안 된 줄 알았는데."

"그만큼 나이를 먹었다는 거 아닐까?"

짓궂게 말하자 엄마는 뺨을 확 부풀렸다.

"나이 얘긴 하지 마. 아직 젊다고 여기면서 살고 있는데. 그보다도 겨울방학 숙제는 다 해놨니? 또 개학할 때 돼서 부랴부랴 해치우지 말고, 미리 끝내놓으렴."

아, 이런. 목표물이 갑자기 나로 바뀐 것 같다.

"아직은 안 했지만 괜찮아. 겨울방학은 이제 막 시작됐는걸."

"그런 소리 하는 사이에 순식간에 끝나버릴걸? 저녁 준비하려면 시간이 걸릴 테니까 올라가서 하고 오는 게 어떨까?"

"네에."

익살스럽게 대답하고 나서 거실을 나와 그대로 2층 방으로 향했다.

문이 닫히는 순간, 무대 옆 통로로 물러난 기분이었다.

어렵네…….

자연스러운 연기를 하려고 노력할수록 확신이 없어진다.

자료가 없어 확인할 방법도 없지만, 당장은 카나로서 행동하고 있는 것 같다. 관객이 적은 무대는 반응을 알아차리기 어려워서 난감하다니까…….

"겨울방학 숙제라……."

책상 옆에 놓인 회색 가방이 눈에 들어왔다. 카나답지 않게 밋밋한 색의 가방이었는데, 자세히 보니 통학용 가방이 분명했다.

겉면에 '텐류후타마타 고등학교'라는 글자가 프린트되어 있고, 열어보니 교과서 표지가 보였다. 우리 고등학교와는 다른 교과서였다.

가방 안을 뒤져 보니 '겨울방학 숙제'라고 적힌 A4용지 묶음이 나왔다.

책상 위에 올려놓고 살펴보니 이름 적는 칸에 '나츠미 카나'의 서명이 있었다. 둥글둥글한 글자가 카나다웠다. 확실히 나보다 예쁜 글씨라 부러웠다. 종이를 넘기니 몇 군데 작성하다 만 부분이 보였다.

어쨌든 나머지를 내가 마무리해야 한다는 건 확실한 것 같다.

방학 숙제를 두 번이나 해야 하는 신세가 될 줄이야. 이건 나중에 휴가 씨한테 별도로 청구하지 않으면 억울할 것 같다.

누군가가 내 이름을 부르고 있다.

내가 아닌 다른 누군가의 이름.

누군가가 누군가를 부르고 있다. '카나', '카나', 하고 몇 번이고.

그제야 간신히 눈이 떠졌다.

똑똑.

노크 소리에 "네에." 하고 대답하자 문이 열렸다.

얼굴을 내민 사람은 사야카였다.

양탄자 위에서 잠들어 있던 나를 보고 조금 놀란 듯 눈을 동그랗게 뜨다가 금세 무표정한 얼굴로 돌아왔다.

"밥."

"아, 응. 금방 갈게."

"잤어?"

"헤헤. 겨울방학 숙제를 하다 보니까 졸려서."

내가 상반신을 일으키는 순간, 사야카는 문을 닫고 나가버렸다.

어느새 밤이 되었는지 어두운 방 안에는 빗소리만 멀리서 들려왔다.

피곤한 탓에 여전히 졸렸다. 눈을 감으면 그대로 또 잠에 빠져들 것 같아 "자." 하는 기합과 함께 몸을 일으켰다.

내 이름은 나츠미 카나, 하고 마음속으로 중얼거린 뒤 방을 나왔다.

계단을 하나씩 내려가면서 마음을 다잡았다. 방에서 나설 때마다 배역에 완전히 몰입해야 한다.

아아, 첫날인데 벌써 힘들다.

부엌 식탁에는 할머니와 사야카 그리고 아빠가 앉아 있었다.

아빠 이름은 카츠히코, 나이는 50세. 푸근한 몸매에 떴는지 감았는지 모를 얇은 눈매가 축 처져 있다. 사진으로 봤을 때처럼 딱 봐도 사람 좋아 보이는 인상이었다.

"어, 아빠. 오늘도 수고하셨어요."

인사를 건네자 아빠가 내 얼굴을 바라보았다. 1초 뒤 아니, 3초가 지난 다음 환하게 웃는 아빠에게 나도 웃어 보였다.

"응, 다녀왔다. 자고 있었다며?"

"갑자기 졸려서 그냥 바닥에서 잠들었어."

"하하. 추웠을 텐데, 감기 조심해야지. 연말에 감기 걸리면 그것만큼 비참한 일이 없어요."

어느새 자연스럽게 대화하는 아빠를 보며 안심했다.

카나의 자리는 할머니와 사야카 사이였다. 맞은편은 아빠와 엄마 그리고 아직 귀가하지 않은 오빠, 쇼의 자리였다.

오늘 메뉴는 전골 요리였다. 휴대용 버너 위에서 냄비에 든 재료들이 리듬에 맞춰 보글거렸다. 앞에 놓인 그릇에는 폰즈 소스가 담겨 있었다. 우리 집에서 전골을 먹을 때는 참깨 소스였는데.

"쇼는 아직이야?"

아빠가 묻자 엄마는 절임 음식이 든 접시를 건네며 "네." 하고 고개를 끄덕였다.

"들어올 때가 되긴 했는데, 먼저 먹을까요?"

"그래야겠네. 배가 너무 고파."

아빠의 말을 신호로 모두가 젓가락을 집었다.

사야카는 여전히 퉁명스러웠지만, 그게 평소 태도였다. 원래부터 말수가 그리 많지 않은 편인 듯했다.

"카나는 겨울방학에 뭐 특별한 계획이라도 있니?"

아빠가 두부를 후후 불어 먹으며 물었다.

"응, 없는데. 전혀 없어."

간장 맛 국물을 마셨다. 은은하고 부드러운 맛이었다. 폰즈 소스에 찍어 먹으면 딱 적당히 맛나서 식욕을 돋운다.

"그럼 새해 첫날에도 집에만 있겠네. 좋지, 집에서 빈둥거리기만 하는 새해 첫날은."

혼자 밥그릇의 하얀 쌀밥을 우걱우걱 먹는 아빠에게 할머니가 말을 건넸다.

"카츠히코, 작년에도 그런 소릴 하면서 정월 참배도 안 갔잖여. 안 그러냐, 어미야?"

동의를 구하자 엄마가 고개를 크게 끄덕였다.

"맞아요, 어머니. 새해 첫날이라고 그렇게 의욕이 넘칠 땐 언제고, 결국 혼자서 술에 취해 내내 잠만 잤잖아요."

"이번 새해 첫날은 정월 참배가 끝날 때까지 술은 금지여. 카츠히코야, 알겄제?"

"에이, 말도 안 돼. 카나야, 네가 뭐라고 좀 해줘."

도움을 구하는 아빠에게 항복하듯 손을 들어 보였다.

"미안하지만 못 도와드려요. 나도 정월 참배는 가고 싶은걸. 술은 다녀와서 마시면 되잖아?"

"에이, 뭐야. 다들 너무하네."

오랜만에 느껴보는 가족의 단란함. 얼굴만 마주치면 으르렁대는 내 진짜 가족보다 훨씬 따뜻하고 부드러운 공기가 느껴졌다.

즐겁게 대화하며 먹는 식사는 이렇게 맛있는 거였구나.

어떻게든 마지막까지 연기할 수 있을 것 같다. 그런 작은 자신감이 마음속에서 생겨났다.

그때 현관문 열리는 소리가 들렸다.

"아, 왔나 보네요."

부엌으로 향하는 엄마를 보며 살짝 심호흡했다.

고등학교 2학년인 오빠 쇼가 돌아온 것이다. 이걸로 가족 전원이 모인 셈이다.

쇼는 카나와 같은 고등학교에 다니는 2학년이다. 축구부 소속이고 성적도 우수하다. 게다가 붙임성 좋은 성격 덕분에 남녀 모두에게 인기도 많았다. 자료에 포함된 사진에서 미소 짓는 쇼의 모습은 확실히 다정해 보였다.

거실 문이 열리며 쇼가 얼굴을 드러냈다.

"늦게 왔네. 우리 먼저 먹고 있었어."

엄마의 목소리.

"어서 와라. 고기는 아직 많이 남았어."

아빠.

"너, 밤늦게 음악 듣고 싶으면 꼭 헤드폰 쓰라고 했지?"

언니.

그들의…… 아니, 가족의 목소리가 멀게 느껴졌다.

무슨 말이든 꺼내려 했지만, 입이 쉽게 떨어지지 않았다.

손을 씻은 쇼가 나른한 동작으로 내 앞에 앉는 순간 나는 입을 쩍 벌린 채 바라볼 수밖에 없었다.

뭐가…… 어떻게 되어가는 거지?

"와, 오늘은 전골이네."

앞자리에 앉은 쇼는 그렇게 말하며 냄비 안을 들여다보고 있다. 음식에서 피어오르는 김에 가려 얼굴이 희미하게 보인다. 처음 보는 사람일 텐데도 나는 그의 얼굴과 목소리를 잘 알고 있다.

"카나가 제일 좋아하는 거잖아."

쇼가 나를 보며 눈을 가늘게 떴다.

쇼는— 타쿠야였다.

제3막

저물어가는 거리에서 빛나는 것

아침부터 책상에 앉아 있지만, 한 시간 동안 고작 세 문제를 겨우 풀었다.

이유는 많았다. 표지에 적힌 '나츠미 카나'라는 글씨가 너무 예뻐서. 다른 고등학교라 그런지 겨울방학 숙제 내용도 전혀 달라서.

아니, 사실은 그런 것보다도…….

툭, 하고 샤프펜슬을 노트 위에 굴렸다.

집중이 안 되는 가장 큰 원인은 어젯밤 충격을 아직 떨쳐내지 못해서였다.

오빠인 쇼가 타쿠야라니! 같은 극단에 소속된 내 짝사랑 상대가 오빠라고…….

너무 신기해서 처음엔 '어, 타쿠야네.' 하고 어안이 벙벙했다. 1초 뒤에는 '얘가 왜 여기 있지?', 그 직후에 엄청난 충격이 밀려

오면서 하마터면 비명을 지를 뻔했다.

대체 뭐가 어떻게 되어가는 거야? 시선은 타쿠야에게 고정된 채로 산소를 갈구하는 금붕어처럼 입을 뻐끔뻐끔 움직일 수밖에 없었다.

내 앞자리에 앉은 타쿠야는 김이 모락모락 피어오르는 냄비에서 내 쪽으로 시선을 옮겼다.

"카나가 제일 좋아하는 거잖아."

평소보다 더 온화한 태도가 느껴졌다. 동시에 그 모든 게 타쿠야의 연기라는 것도 깨달았다. 그래, 나도 연기하는 중이었지…….

흐읍, 하고 숨을 들이마시며 대답할 말을 골랐다.

"전, 전골은 웰빙 음식이니까."

시선은 불안정하고 목소리는 뒤집혔다. 지금 생각하면 그게 지난 몇 년 동안 한 연기 중에서 최악이었던 것 같다.

오빠를 좋아하는 카나. 스포츠맨답게 담백한 성격의 쇼. 감정을 잘 드러내지 않는 사야카. 그리고 명랑한 부모님과 따뜻한 할머니.

서로에 대해 알아내려는 시도는 금지되어 질문조차 할 수 없었다. 그래서 아침까지 얕은 잠에 들었다 깼다를 반복할 뿐이었다.

아침 식사 때 한 번 더 얼굴을 마주쳤지만, 졸린 연기로 얼버무릴 수밖에 없었다. 이렇게나 감정 동요가 있으니 어쩔 수 없는 일이었다.

—타쿠야가 왜 여기 있지?

—나하고 타쿠야가 남매를 연기하는 건가?

그를 향한 마음을 자제하자던 다짐은 그가 직접 눈앞에 나타난 순간부터 의미가 없어졌다. 아니, 오히려 역효과였다.

"어라? 잠깐만……."

하룻밤이 지나자 이제야 머리가 좀 돌아가는 느낌이다.

타쿠야가 이곳에 있다면 진짜 쇼는 어디에 있는 걸까?

그러고 보니 난 타쿠야에 대해 아무것도 모른다. 타쿠야라는 이름은 사실 예명이고, 본명이 쇼인 걸까?

곧바로 머리가 '아니야'라는 결론을 내렸다. 타쿠야는 아버지가 안 계신다고 했고, 고등학교에서도 축구부가 아닌 연극부 소속이었다. 게다가 자료에 첨부된 사진은 분명 다른 사람의 얼굴이었다.

그렇다면 타쿠야 역시 나와 마찬가지로 렌털 극단원으로 파견되었다고 봐야 한다.

아, 뭐가 어떻게 돌아가는 건지 도통 알 수가 없네.

계속 고민한다고 알 수 있는 일도 아니고, 계약 때문에 알아내려고 할 수도 없다.

방학 숙제를 중간까지 끝내고 1층으로 내려오니 아무도 없었다. 할머니는 정원에서 화단을 손질하고 계셨다.

잠시 호흡을 가다듬었다.

그래, 난 배우야. 무대 위에선 늘 돌발상황이 생기기 마련이고, 난 그걸 언제나 잘 넘겨왔어. 이번에도 잘 해낼 수 있을 거야.

그렇게 나 자신을 타일러도 쉽사리 마법에 빠져들진 못했다. 하지만 일단 카나로 행동할 수밖에 없으니까…….

정원으로 통하는 유리문을 열고 샌들을 신었다.

어제의 비가 모두 그친 뒤, 구름 사이로 파란 하늘이 드러나 있었다. 집이 고지대에 있어 동네 풍경이 잘 내려다보였다. 논밭이 펼쳐져 있고 드문드문 집이 있는 시골 동네다. 맞은편으로 신사가 자리한 산이 하나 솟아 있을 뿐이었다.

"할머니, 내가 뭐 도와줄 거 없어?"

옆에 쪼그려 앉자 할머니는 주름투성이 얼굴로 환히 웃었다.

"아아, 카나야. 괜찮여. 낙엽만 좀 치우는 거니께."

"할머니는 허리 안 좋으시잖아. 내가 도와드릴 테니까 쓰레기 봉투 주세요."

그래, 카나는 할머니 바라기다.

넓은 정원에 떨어진 낙엽은 축축하게 젖어 있었다. 쓰레기봉투에 담을수록 점점 무거워졌다.

"그러고 보니까 카나야, 내년에는 고등학교 2학년이잖여."

"아, 응."

"진학할 학교는 정한 겨?"

진학……. 어라? 자료에 장래 희망이 뭐라고 적혀 있었더라?

"아직 못 정했어. 할머니는 어쩌면 좋을 것 같아?"

어색해지지 않게 대화를 이어 나갔다. 할머니는 나한테서 등을 돌린 채로 말했다.

"아무렴 어뗘."

말의 의도를 알 수 없어 조용히 있자, 힘주어 몸을 일으킨 할머니가 눈을 가늘게 떴다.

"카나가 되고 싶은 사람이 되면 되는 겨. 카나가 하고 싶은 일을 꼭 찾을 수 있을 거고, 못 찾더라도 그냥 가고 싶은 학교나 회사를 정하면 되잖여."

"어, 그래도 괜찮아?"

"인생이 다 그런 겨. 할미 젊었을 적엔 선택할 기회가 없으니께 부모님이 정해준 대로만 살았는디, 이제는 어느 정도 좋아하는 길을 고를 수 있잖여. 그니께 카나도 너무 심각하게 생각할 거 읎어."

조금 놀랐다. 나한테는 배우가 되고 싶은 꿈이 있고, 엄마는 추구하는 바가 다르지만 나를 응원해 준다.

카나에게도 든든한 아군이 있다고 생각하니 기뻤다.

"천천히 생각해 볼게. 추우니까 그만 안으로 들어가. 쓰레기도 내가 버려놓을 테니까 걱정하지 말고."

"쓰레기 버리는 날은 내일이니께, 대문 쪽에다 모아놔 줄려?"

"응, 알았어."

거실로 돌아가는 할머니를 눈으로 배웅한 뒤 작업을 다시 시작했다. 자연스레 입가에 미소가 번졌다.

불안한 마음이 조금이나마 사라진 것 같다.

1월 3일의 중간 휴일까지가 1막이라 치면, 이미 막은 올랐다.

타쿠야도 렌털 극단원으로 이곳에 파견된 거라면 나처럼 아무에게도 발설하지 말라는 규칙을 지켜야 했을 것이다.

학교 연극부 연습이라는 거짓말까지 하면서…….

어제 타쿠야의 연기를 간파하지 못해 분했지만, 그보다 그 뒤에 내가 제대로 대처하지 못했다는 사실이 훨씬 더 분했다. 타쿠야도 무척 놀랐을 텐데 내색조차 하지 않았으니까.

타쿠야와 같은 무대에 설 수 있다면, 난 최선을 다할 수 있다. 짐이 되지 않게 정신 똑바로 차려야지.

내 나름대로 배역에 생명을 불어넣는다……. 그날 밤 타쿠야가 조언해 준 말을 가슴에 새기고 열심히 해봐야겠다.

무슨 사정이 있는지는 의뢰가 끝난 다음에 들을 수 있을 테니까. 지금은 부자연스러웠던 연기를 만회하기 위해서라도 더 집중해야 한다.

"할 수 있어."

카나의 밝은 성격 덕분에 조금 힘을 얻은 기분이었다. 내 안에 생긴 카나의 존재를 더 크게 키워야겠다.

쓰레기봉투 두 개를 들고 대문으로 향했다. 수거 장소는 바로 코앞에 있지만 오늘은 수거일이 아니라서 내놓을 수 없었다.

나중에 쓰레기 버리는 날도 꼼꼼히 확인해 둬야겠네.

맞은편에서 언덕길을 올라오는 체육복 차림의 남자가 보였다.

이웃 사람이라면 피해야 한다.

황급히 집 안으로 들어가려는데…….

"야!"

남자가 나를 향해 달려왔다. 어쩌지? 어쩌지?

그냥 모른 척할 수도 없어서 억지로 미소를 지으며 방금 본 것처럼 뒤를 돌아보았다. 그리고 대문 밖에 선 남자를 찬찬히 살폈다.

나와 비슷한 또래다. 짧은 머리카락은 살짝 갈색을 띠고 키는 조금 작은 편이지만 탄탄한 근육질 몸매는 체육복 아래서도 잘 드러났다.

가슴 쪽을 보니 '텐류후타마타 고등학교'라는 자수가 새겨져 있었다.

"너……."

나를 가만히 바라보는 남자의 얼굴을 보자 자료에서 본 적이 있다는 생각이 스쳤다. 이름이 아마…… 야마토. 츠츠미 야마토였다.

카나와 같은 반 소꿉친구. 머릿속으로 그에 대한 정보를 떠올렸다.

아, 이거 위험한데…….

지금 난 어떤 태도로 이야기하면 될까? 카나로서 이야기하면 분명 수상하게 생각할 거다. 오랜만에 이 집에 놀러 온 친척이라는 설정으로 갈까?

이리저리 머리를 굴리는데…….

"어제는 왜 안 왔어?"

야마토가 굵은 팔로 팔짱을 끼고 입을 삐죽 내미는 걸 보자 나는 눈을 동그랗게 떴다.

"스마트폰도 꺼져 있어서 미노리도 난감해했어. 연락 좀 하면 어디가 덧나냐?"

눈썹을 찡그리는 그에게 뭐라 대답하려고 입을 열었다가 도로 닫았다. 지금은 어설픈 대사로 끼어들 타이밍이 아니라고 판단했다.

"어차피 또 평소처럼 자고 있었지?"

한쪽 입꼬리를 올리는 야마토의 목소리에 화가 난 기색은 없었다.

"어, 그게…… 잤어."

조심스럽게 말하자 그는 환하게 웃었다. 해바라기 같은 미소를 보며 나도 쑥스럽게 미소를 지었다.

"아주, 잠자는 숲속의 공주님이셔."

"정말로 미안."

"됐어. 이제 우리도 익숙하니까. 아, 맞다. 미노리가 동아리 끝나고 한가하다고 해서 공원에서 모이기로 했는데. 이따가 문자 보낼게."

"알았어. 아…… 그런데 실은 스마트폰이 고장 났거든."

"또? 이걸로 몇 번째냐? 애초에 카나는 스마트폰을 너무 막 다

룬다니까. 빨리 수리해."

간신히 대화를 따라가면서도 등줄기가 식은땀으로 흠뻑 젖었다.

패닉에 빠질 듯한 정신줄을 겨우 붙잡고 있었기에 내 상태는 아슬아슬하게 위태로웠다.

극단 연습에서 즉흥 연기를 한 적은 있었지만, 막상 현실에서 하려니까 정말 어렵구나…….

야마토는 허공을 올려다보았다.

"음…… 그럼 5시로 하자. 미노리한테는 내가 연락해 둘게."

나는 고개를 끄덕였다.

"알았어. 5시."

"쇼 선배는 집에 왔어?"

"어? 아, 아직."

"그래? 내가 연습하다가 조금 실수를 해서 말이야. 선배 있으면 사과하려고 했는데, 뭐 됐어."

쇼 선배? 그렇다면 야마토는 쇼와 같은 축구부 소속이라는 걸까. 자료에 야마토의 동아리 활동까지는 적혀 있지 않았던 걸로 기억한다. 아니, 어쩌면 불필요한 정보라 단정 짓고 대충 넘겼을지도…….

잇따라 밝혀지는 충격적인 정보에 놀라면서도 아무렇지 않은 척 고개를 끄덕였다.

"그럼 또 보자."

야마토가 뛰어가자 금세 눈앞에서 사라졌다. 그제야 대문 기둥에 손을 짚으며 숨을 크게 내쉬었다. 간신히 냉정해진 머리로 생각했다.

방금 이건…… 대체 어떻게 된 거지?

야마토는 나를 '카나'라고 불렀다. 머리 모양은 비슷해도, 카나와 그렇게 닮지 않았다는 건 내가 가장 잘 안다. 애초에 야마토와 미노리는 카나의 집 근처에 사는 소꿉친구들이었다.

그런데 왜 알아채지 못하는 거지?

바로 집에 들어갈 마음이 나지 않아 가만히 생각에 잠겨 있는데, 하얀색 경차 하나가 언덕길을 올라왔다. 번호판을 확인하니 자료에서 봤던 이 집의 자가용이었다.

운전석에 앉은 사람은 엄마였다. 그대로 전면 주차를 한 다음 차에서 가볍게 내렸다.

"마침 잘 됐다. 짐 꺼내는 것 좀 도와줄래?"

"네엣."

고비 하나를 넘기자마자 또 다음 등장인물이 나타나는 식이다. 뒷좌석에 놓인 장바구니를 꺼내 부엌으로 옮기자 할머니도 따라왔다.

"나머지는 할미가 할 테니께 놔둬."

할머니 말에 나는 거실 소파에 앉았다.

으음, 카나는 시간이 빌 때 비디오 게임을 한다고 했지.

옛날엔 나도 열중한 적이 있었는데, 중학생이 된 이후로는 하지 않았다. 스마트폰이 있다면 비디오 게임의 조작법을 검색해 볼 수도 있겠지만, 그럴 수 없는 상황이니까……. 적당히 이것저것 누르다 보니 간신히 게임 화면이 표시되었다.

카나가 좋아한다고 적혀 있던 게임이다.

화면에 남자 주인공이 나타났다. 전에 플레이하던 데이터를 불러온 건지, 화면 가득 푸르른 땅이 펼쳐져 있었다. 한참 열심히 플레이하던 시절과 비교해 봐도 그다지 발전한 그래픽은 아니었다. 커다란 필드에 내던져져서 정처 없이 떠도는 방식의 게임이다. 마치 지금의 내 처지 같다.

이렇게 불안한 마음이 드는 건, 이 게임처럼 목적지를 알 수 없기 때문일까.

무심코 다시 생각에 잠겼다는 걸 알아차리자, 컨트롤러를 꼭 쥐며 마음을 다잡았다.

쓸데없는 생각은 잠시 잊고 게임에 집중하자.

"어머니, 오늘 점심은 어떻게 할까요?"

식재료를 냉장고에 집어넣으며 묻는 엄마에게…….

"우동은 어뗘? 지난번에 유부 사다 놓은 것도 있잖여?"

할머니는 대답하면서 같이 냉장고 안을 들여다보고 있다.

"아아, 남아 있어요. 오늘은 세 사람밖에 없으니까 우동으로 하죠. 카나야, 괜찮지?"

엄마 목소리에 "어." 하고 화면을 보며 대답했다.

"그럼 카레우동으로 만들어줘."

카레우동은 카나가 좋아하는 음식이다.

엄마는 그렇게 말할 줄 알았다는 듯이 "후훗." 하고 웃었다.

"그럼 카나는 카레우동. 난 주먹밥도 먹어야겠다."

"다이어트는 어쩌고?"

엄마 쪽을 슬쩍 돌아보니 무안한 듯이 입술을 비죽 내밀고 있다. 할머니는 바로 전기밥솥 안을 확인하고 있다.

"밥이 많지도 않으니께, 먹어도 괜찮여. 카나야, 여자는 말이여, 살짝 통통한 정도가 제일 예쁜 겨."

"역시 어머니밖에 없어요."

"네, 네."

다시 화면으로 눈을 돌리자 주인공이 귀엽게 생긴 몬스터에게 얻어맞고 있었다.

컨트롤러를 필사적으로 조작하는 동안에도 엄마와 할머니는 이런저런 잡담으로 이야기꽃을 피웠다.

이 가족은 참 사이가 좋구나.

내 진짜 가족과는 완전히 다른 것 같다. 얼굴만 마주쳤다 하면 싸우기만 하고, 이제는 이혼 직전이니까.

나도 이 집에서 태어났다면 좀 더 행복했을지도 모르겠다.

생각에 잠긴 사이, 화면에는 'GAME OVER'라는 빨간 글자가 선명히 떠올랐다.

텐류후타마타 공원은 집에서 도보로 5분 거리였다. 하지만 언덕길을 오르다 보니 겨울인데도 이마에 땀방울이 흘렀다.

카나는 이 공원을 좋아해서 어릴 때부터 자주 왔다고 한다. 확실히 높은 지대에 자리한 덕분에 드문드문 집들 너머로 솟아오른 산이 아름다웠고, 하늘도 더 가깝게 느껴졌다. 내가 사는 곳과 같은 하마마쓰시라는 게 믿기지 않을 만큼 수려한 자연경관이었다.

"잠자는 숲속의 공주께서 오셨네."

전망 좋은 벤치에 앉아 손을 흔드는 야마토가 보였다. 그 옆에는 자료에서 본 쿠메 미노리가 어처구니없다는 표정으로 나를 보고 있었다.

이 셋은 어릴 때부터 사이좋은 소꿉친구였다. 그 설정을 머리에 입력한 다음, 두 사람에게 다가갔다.

"미안."

"이제야 왔네. 늦었잖아."

"아무래도 내가 겨울에 좀 약한가 봐. 아무리 잠자도 졸려."

벤치에 앉은 두 사람 사이에 자리를 잡자 미노리가 재밌다는 듯 킥킥거렸다.

"넌 너무 많이 자서 탈이야. 동아리도 안 하니까 지루해서 잠이 오는 거지. 요새 살이 좀 찐 것 같기도 하고."

가식 없는 말투의 미노리는 테니스부 소속이었다. 훨씬 까무잡잡할 줄 알았는데, 직접 보니 나와 비슷한 피부 톤이다. 사진으로 봤을 때는 숏컷이었던 머리가 보브컷보다도 조금 길어져서 인상이 한층 여성스러웠다.

"완전히 반성 중이야."

풀 죽은 말투로 말하자……,

"뭐, 자버린 걸 어쩌겠어. 용서해 주지 뭐."

미노리가 하얀 이를 드러내며 웃어주었다.

미노리 역시 야마토처럼 날 카나로 대해 주고 있다. 다음엔 무슨 말을 꺼내야 할까……. 고민하는 진짜 나를 의식 밖으로 몰아내는 동시에, 하늘이 빨갛게 타오르는 걸 발견했다.

비가 내린 어제와는 정반대로 저녁놀이 하늘에 아직 남아 있었다. 바람 없는 하늘에는 외로이 남겨진 조각구름이 떠 있었다.

"아, 올해도 이제 끝이라는 게 안 믿겨. 1년이 너무 빨리 가지 않아?"

"정말 눈 깜빡할 사이라니까. 이러다 정신 차리고 보면 할머니가 되어 있는 거 아냐?"

탄식하듯 말하는 미노리의 말에 맞장구를 쳤다.

"맞아."

야마토는 기지개를 켜고 나서 팔짱을 꼈다.

"청춘 따윈 순식간이지. 그러고 보니 세이토 녀석, 고등학교 졸업하면 도쿄에 갈 거라고 큰소리치던데."

세이토……? 아아, 야마토와 같은 축구부에 소속된 남자애였다. 중학교 때 같은 반이었고 같은 고등학교에 입학했지만, 지금은 다른 반이다. 집은 여기서 5분 정도 거리였다.

"세이토는 예전부터 도시에 대한 로망이 있었잖아."

머릿속으로 자료에 적혀 있던 내용을 떠올리며 갈했다.

"배우로 데뷔해서 언젠가는 TV 프로그램 진행자가 되고 싶댔지? 근데 그런 목표가 도쿄에 가기만 하면 어떻게든 되는 거였나?"

미노리 질문에 애매하게 고개를 갸웃거렸다.

"글쎄. 잘 모르겠는데."

이 대답이 정답일 것이다. 카나는 게임은 좋아해도 TV는 잘 보지 않는다고 하니까.

"어라, 그래도 쇼 선배는 배우 지망생 아니었나?"

정답이 아니었네. 그러고 보니 오빠인 쇼는 축구부 소속이지만 장래 희망은 배우라고 적혀 있었지.

어려운 문제만 나오는 퀴즈 대회에 나온 것 같아서 머릿속이 잘 정리되지 않았다.

"그럼 오빠한테 물어봐야겠다. 아, 그냥 세이토가 직접 물어보면 될 텐데."

"그렇지? 배우가 되고 싶다는 애가 내성적인 건 안 변한다니까."

미노리가 후훗, 하고 웃으며 말을 이었다.

"그런데 회장님이 '젊은 애들은 다들 가버린다니까.' 하고 투덜대던데. 우리도 슬슬 장래를 생각해야겠지."

회장님……. 엄청 대단한 사람이란 이미지가 떠오르지만, 아마 자치회장을 말하는 거겠지.

“나야 다다미 가게를 물려받을 거니까 상관없어.”

어깨를 으쓱거리는 야마토. 그의 집안은 오래전부터 다다미 가게를 운영하고 있다. 할아버지의 이름은 타츠오, 할머니의 이름은…… 뭐였더라?

야마토의 말에 미노리가 입술을 비죽 내민다.

“난 고민 중이야. 도쿄에 가고 싶어 하는 마음을 왠지 알 것도 같거든.”

“아아, 전부터 그런 얘기 했었잖아. 뭐였더라? 셰프가 되고 싶다는 거였나?”

“아니거든. 파티시에.”

“아, 그거, 그거. 하지만 그런 걸 가르치는 전문학교라면 이 주변에도 있잖아?”

야마토의 솔직한 질문에 미노리의 표정이 어두워졌다.

“그건 그렇지만, 도쿄가 아니면 없는 것도 많잖아?”

“드라마에서 많이 나오는 대사 같네.”

“뭐라는 거야, 이 바보.”

뺨을 크게 부풀린 미노리가 하늘을 올려다보았다.

“아아, 어떤 길을 선택해야 하는지, 누가 좀 알려줬으면 좋겠다. 이렇게 하시면 돼요, 하고 말해 주면 그대로 따를 텐데.”

석양을 받은 미노리의 옆얼굴이 오렌지색으로 물들어 있다.

카나는 좋은 가족과 친구들에 둘러싸여 행복할 것 같다. 내 현실과는 너무나 다르다.

카나로서 생활하는 데 조금씩 편안함을 느끼기 시작했다는 게 신기했다.

한편으로 학교 다닐 때 내 모습이 떠올랐다. 내가 먼저 말을 걸지도 않고, 미소도 보이지 않았다. 그런 아이하고 친해지고 싶어 하는 사람은 아무도 없겠지…….

내가 좀 더 편하게 행동했다면, 어릴 적 TV 출연 사실도 언젠가는 아무도 꺼내지 않았을지도 모른다. 이런 생각을 한 건 처음이었다.

멀리 떨어지고 나서야 깨닫게 되는 일도 있구나…….

"그보다도 겨울 축제 날은 몇 시에 모일래?"

야마토가 자리에서 훌쩍 일어서더니 앞에 있는 녹슨 난간에 몸을 기댔다. 겨울 축제라면 할머니가 말한 그거구나.

그때 자연스럽게 할머니한테 축제 내용을 물어보았다. 텐류 겨울 축제는 매년 1월 5일에 맞은편 산의 신사에서 열린다. 신사의 이름도 들었는데 까먹었다.

진입로는 원통형 등롱으로 장식되어 있고, 본당에는 그 몇 배나 되는 등롱이 걸려 신사가 어둠 속에서 빛나는 듯 보인다고 한다.

지역 주민들에게는 오랜 세월 익숙해진 전통 행사라는데, 같은 시에 살면서도 들어본 적은 없었다.

이야기를 듣는 것만으로는 어떤 이미지인지 잘 떠오르지 않지만, 일단 기본적인 정보는 숙지하고 있었다.

"카나네 집은 매년 온 가족이 다 가지?"

"어, 그렇지."

"예전부터 겨울 축제는 나츠미네 집에서 가장 중요한 이벤트였던 것 같아."

"맞아."

미노리가 고개를 끄덕거렸다.

"카나는 4년 전이었나? 열이 나는데도 사진 찍으러 가야 한다고 고집을 부렸잖아."

그랬구나, 하고 마음속에 메모했다. 역시 아무리 생각해도 겨울 축제에 관한 내용은 자료에 전혀 없었던 것 같다.

"우리 집은 올해도 참가하는 사람이 없으니까, 카나네 가족에 끼어서 가야겠어."

"나도 그래야겠다. 그럼 본당 근처에서 7시에 만나는 거 어때?"

"좋아. 마치 해마다 열리는 연례행사 같아."

동시에 나를 바라보는 두 사람에게 "알았어." 하고 고개를 끄덕였다. 가족까지 잘 알고 지내는 것도 이 동네의 특징인 것 같다. 이제야 조금씩 카나로서 이야기할 수 있게 된 느낌이다.

"난 등롱은 예약 안 해도 돼. 용돈 아껴야 해서."

주머니에 손을 찔러넣고 몸을 부르르 떠는 야마토에게 미노리가 불만스럽게 대꾸했다.

"1년에 한 번뿐인데. 그 정도는 투자해라."

"어, 설마. 너희는 이미 예약해 놓은 거야?"

"흐흠. 우리 건 미카가 예약해 주기로 했거든. 그치?"

내게 동의를 구하길래, "그치." 하고 함께 웃어 보였다.

미카라면……. 아, 자료에 나왔던 카나의 절친이라는 아이였다. 사진으로밖에 못 봤지만, 피부가 뽀얗고 귀여운 여자애였다.

그 뒤로도 겨울 축제 관련 정보를 자연스럽게 알아냈고 사소한 잡담을 주고받았다.

"아, 이런. 그만 가야겠다."

미노리의 말에 하늘을 올려다보니 겨울 하늘은 이미 색을 잃었고 주변은 어둑어둑해져 있었다.

우리는 공원 입구에서 각자 다른 길로 헤어지며 집으로 돌아갔다. 나는 둘의 모습이 보이지 않을 때까지 손을 흔든 뒤 언덕길을 내려갔다.

"아……."

나도 모르게 탄식이 새어 나왔다.

어찌어찌 끝까지 친구로 행동할 수 있었다는 안도감이 가슴을 채웠다.

'하지만……', 하는 생각에 걸음을 멈췄다.

가족이라면 몰라도 왜 두 사람 모두 날 카나로 인식하는 거지?

소꿉친구라면 짧게 본 사이도 아닐 텐데. 아까의 대화는 전부, 마치 내가 당연히 카나라는 듯이 이루어졌다.

마치 대규모 몰래카메라에 찍히고 있는 기분이었다.

"설마, 내가 정말로 카나였던 걸까……."

그런 생각을 떠올렸다가 금세 지워버렸다. 휴가 씨는 내가 빙의 연기를 한다고 말했는데, 덕분에 사생활로 복귀한 뒤에도 배역에서 완전히 벗어나지 못할 때가 많았다. ON과 OFF의 전환 스위치가 늘 제대로 작동하지 않는다는 건 자각하고 있다.

무대라면 아무리 길어도 두 시간이면 배역이 끝난다. 하지만 이 무대에서는 그게 며칠이고 계속된다. 카나로 있는 시간이 길어질수록 진짜 '나'를 잃어버릴 것 같아 점점 무서워졌다.

게다가 지금은 사생활로 돌아갈 수도 없다. 아아, 내가 모르는 일이 너무나 많아.

타쿠야에게 큰맘 먹고 물어보고 싶지만, 그마저 금지되어 있고…….

이제야 집이 보이기 시작했다.

들어가는 대로 저녁 먹고 오늘은 일찍 자야겠다. 어쨌든 계약 기간인 5일까지는 카나를 완벽히 연기해야 하니까.

그 순간 별생각 없이 뒤를 돌아보는데 나를 보고 퍼뜩 걸음을 멈추는 한 여성이 보였다.

주위가 어둑하지만, 어제 집 앞에서 만난 여자라는 걸 알아볼 수 있었다.

……내 뒤를 밟은 거야?

공포로 다리가 후들거리는 나에게 여자가 무언가 결심한 듯

다가왔다.

“너, 이름은?”

“네?”

역시 어제 그 여자가 맞았다. 오늘은 모자도 선글라스도 쓰고 있지 않았다. 지독하게 피곤해 보이는 얼굴이었다. 긴 머리카락을 대충 묶고 옅은 화장에 분홍색 립스틱을 발랐다.

누군가와 닮았다는 생각이 들었다. 아마도 여배우 누군가와.

“아까 야마토하고 미노리랑 만났지? 무슨 얘길 했어?”

따져 묻는 듯한 말투. 눈빛이 화난 것처럼 보여서 나도 모르게 입술을 꽉 깨물었다.

여자는 한 걸음 더 다가오며 물었다.

“대답해. 넌 누구야?”

역시 뭔가를 조사하는 게 틀림없었다. 그러고 보니 자기가 기자라고 했었지…….

어떡하지? 스스로에게 묻는 동시에 입에서 대답이 흘러나왔다.

“나츠미 카나인데요.”

“뭐…….”

여자는 동요한 듯 몇 번이고 눈을 깜빡이더니 입을 쩍 벌렸다.

그래, 그게 정상적인 반응이겠지. 하지만 난 완벽히 그녀가 되기로 계약을 했다.

“나츠미 카나. 바로 저기 있는 집에 살아요. 실례지만 누구세요?"

여자를 똑바로 마주 보자 그녀는 여전히 입을 다물지 못한 채 시선을 떨궜다. 그때 한 줄기 바람이 스치자 그녀의 눈꺼풀이 미세하게 떨렸다.

"아…… 아무것도 아냐. 미안."

그대로 빠른 걸음으로 언덕길을 내려가 버렸다. 마치 귀신이라도 본 사람처럼.

그리고 나는 생각했다.

어쩌면 나츠미 카나는 이 세상에 존재하지 않을지도 모른다고.

스기사키 유나 씨에게

배역에 완벽히 몰입하려면 당신의 개성을 잊어야 합니다.

그리고 카나의 개성도 의식해선 안 됩니다.

머리를 쓰기보다는 마음으로 연기하는 겁니다.

이제 막 무대가 시작되었을 뿐입니다.

주인공이 동요한다면 이 무대는 성공하지 못할 테지요.

이 편지를 다 읽으면 잘게 찢어 버려주시기 바랍니다.

의뢰인

편지를 갈기갈기 찢었다. 아무리 찢어도 그 글자들이 계속 나를 몰아세우는 것 같아서 더욱 잘게 찢어버렸다.

저녁 식사를 마치고 방으로 올라오자 책상에 놓여 있던 편지.

아까 떠올랐던 '카나는 이 세상에 존재하지 않을지도 몰라.'라는 생각이 머리에서 떠나지 않았다. 어떤 사정으로 세상을 떠난 카나와 함께 있고 싶다는 마음에서 가족 중 누군가가 의뢰했다고 하면 앞뒤가 맞으니까.

그런데 겨울방학 숙제는 어떻게 설명해야 할까. 죽은 사람한테 숙제를 낸다는 건 말이 안 되는데…….

죽은 지 얼마 안 됐다면?

……아니, 역시 그건 아닐 것이다. 왜냐하면 의뢰받은 시점은 기말고사 전이었고, 그 무렵엔 아직 숙제가 배포되진 않았을 테니까.

게다가 최근에 죽었다고 하기엔 가족들이 슬퍼하는 기색이 없다.

그렇다고 카나가 살아 있다면 숙제를 두고 간 게 이해되지 않았다.

대체 뭐가 어떻게 된 걸까……. 숙제를 다시 한번 살펴보았다.

역시 카나는 어딘가로 떠난 걸지도 모른다. 숙제는 나한테 떠맡기기 위해 남겨두고 간 것일 테다.

아무것도 확실한 게 없어서 결국 두 손 두 발 다 들었다. 이런 추리 자체가 금지되어 있기도 하고, 생각하면 할수록 카나를 완벽히 연기하는 일에서 멀어지는 기분이 들어서였다.

마음을 다잡고 방학 숙제를 펼쳤다. 조금 특이한 고등학교인지 독후감 숙제까지 있었다.

"초등학생도 아니고."

카나가 선택한 책은 나도 읽은 적 있는 유명한 소설이었다. 작년에 인기 아이돌 주연의 영화로도 개봉해서 흥행한 작품이었다.

독후감 작성은 이미 끝내놓았는지, 접어놓은 원고지가 있었다. 둥글둥글 귀여운 글씨로 감상문이 적혀 있었다.

나도 그 소설을 읽었으니까, 이걸 통해 카나의 사고방식을 더 잘 이해할 수 있을지도 모른다. 원고지를 집어 든 순간 노크 소리가 들렸다.

"네엣."

엄마가 개어 온 세탁물을 들고 방으로 들어왔다.

"어, 웬일로 공부하고 있었네?"

"방학 숙제 하는 중이야. 고마워요."

세탁물을 받아 들면서 깨달았다.

"어, 머리 염색했네?"

새치가 섞여 있던 머리가 갈색으로 변해 있었다.

"내일부터 미용실이 한동안 쉰다고 해서, 아까 저녁 먹고 나갔다 왔단다."

엄마가 다니는 나카무라 미용실은 학교 근처에 있는 오래된 가게다. 참고로 카나는 하마키타역의 미용실까지 버스를 타고 간다고 적혀 있었다. 왠지 그 심정을 이해할 수 있을 것 같다.

"나카무라 씨네 아줌마는 잘 지내? 요즘 얼굴을 거의 못 봤네."

해맑으면서 어딘가 어린아이 같은 카나의 말투가 이젠 제법 자연스럽게 입에 붙었다. 서랍장에 옷을 집어넣으며 묻자, 엄마는 눈을 동그랗게 떴다.

"잘 지내는 정도가 아니라, 무슨 말을 그렇게 쉴 새 없이 떠드는지 끼어들 틈이 없더라. 그 집 딸도 나고야에서 돌아와 있던데. 오랜만에 만났어."

"모에 언니 말이야? 와, 오랜만이네. 남편분도 같이 왔대?"

"……글쎄. 나야 모르지."

"그렇게 어린 나이에 결혼한다고 했을 때는 깜짝 놀랐는데, 회사 사장님이라는 말을 듣고 마음이 놓였어. 그게 몇 년 전이었더라? 모에 언니도 오랜만에 얼굴 보고 싶다."

문득 방 안 분위기가 바뀐 느낌이 들었다. 돌아보니 엄마가 당혹스러운 표정을 짓고 있었다.

내 시선을 느끼더니 얼버무리듯 손뼉을 쳤다.

"아, 맞다. 욕조에 물 틀어놓고 왔는데."

문도 닫지 않고 급하게 방을 빠져나가는 엄마. 자리에서 일어나 슬며시 문을 닫았다.

굳이 추리하려는 건 아니었지만 방금 엄마의 반응에서 한 가지 가설이 떠올랐다.

어쩌면 엄마도 고용된 사람일지 몰라.

그렇다면 극단원인 건가……?

아니, 그럴 리가 없다. 내가 너무 자세히 알고 있어서 놀란 것뿐이겠지.

아니면 정말로 아는 정보가 없어서 대답할 말을 찾지 못한 걸지도 모르고.

방금 편지로 지적받았으면서도 또 머리를 굴리고 있었다.

독후감 과제 도서 《은하철도의 밤》

나츠미 카나

먼저 사과드립니다. 죄송합니다.

《은하철도의 밤》이 과제 도서라는 건 알고 있었고, 도서 데이터에 접속해서 전부 읽었습니다.

감상은 한마디로 '재미있었다.'입니다.

최근에 선스트리트 하마키타에 있는 서점에 갔습니다. 그때 신간 코너에서 멋진 표지의 책을 발견했습니다.

《그리고, 눈뜨는 아침에》라는 작품으로 저자는 네코무라 와타루 작가입니다. 물론 이렇게 적으면서도 저는 이 작가도 작품도 처음이지만요.

하지만 표지 일러스트가 저를 부르는 것만 같아서 무의식 중에 책을 집어 들었습니다.

읽어보니 기상천외한 이야기라 처음부터 마지막까지 시간 가는 줄 몰랐습니다. 내용은 사고로 기억을 잃은 주인공의 재생 스토리입니다.

선생님은 과제 도서 외의 독후감은 인정해 주지 않으시겠죠?

하지만 전에 '읽고 싶어지는 책과 만나는 게 중요하다.'라는 말씀도 하셨잖아요? 저는 바로 그런 책과 만나게 된 겁니다.

그래서 저는 두 작품에 대한 감상을 모두 쓰려고 합니다. 규정을 위반하지 않는다고 믿으면서 이렇게 쓰려고 합니다.

양쪽 작품에서 공통의 주제가 있었습니다.

바로 '한 번 더 살아간다.'입니다.

우선 신간부터 말씀드리자면—.

12월 30일은 마치 가을이 돌아온 듯 따뜻한 하루였다.

아빠는 오늘부터 휴가라면서 소파에 벌렁 드러누워 있었다. 엄마하고 할머니는 장을 보러 나가서 집에 없었다. 언니 사야카는 집에 있기도 하고 없기도 하고. 어쩌다 마주쳐도 여전히 달투는 통명스러웠다.

타쿠야는 아침부터 동아리 활동이라, 이 집에 온 뒤로는 밤에만 볼 수 있을 뿐이다.

차라리 그게 나았다.

아는 사람이 있으면 간신히 익숙해진 카나의 인물상이 흔들릴 것 같았으니까. 당장이라도 부러질 듯한 사다리를 한 칸씩 올라가는 기분이었다.

한편으로 진짜 타쿠야를 보고 싶다고 중얼거린다. 하지만 내 안에서 카나가 차지하는 비중이 점점 늘어나고 있는 건 분명했다.

카나라는 인물에 빙의되는 것을 넘어 잠식당하는 듯한 두려움마저 느껴졌다. 그래도 여기서 그만둘 수는 없으니까…….

방으로 돌아와 침대에 벌렁 드러누운 채 벽에 걸린 달력을 바라보았다.

중간 휴일인 3일까지는 아직 한참 남았다.

틈만 나면 텐류후타마타역의 공중전화 부스를 머릿속에 떠올렸다. 휴가 씨는 무슨 일이 생기면 전화하라고 했다.

마음 같아선 당장이라도 전화를 걸어, 지금 무슨 일이 벌어지는지 전부 털어놓고 싶었다. 동시에, 묻고 싶은 말들도 머릿속에 끝없이 떠올랐다.

"그래도……."

의뢰 내용이 비밀이라는 사실은 변함이 없을 테고, 휴가 씨의 입이 무겁다는 건 극단 내에서도 유명하니까 아무 대답도 듣지 못할 거라는 건 불 보듯 뻔했다.

집 밖으로 나가 그 기자라는 여자를 만나는 것도 무서웠다.

영차, 하고 몸을 가까스로 일으켜 어젯밤 읽었던 독후감을 꺼냈다.

카나가 쓴 독후감은 문장 하나하나에 그녀의 인격이 묻어났다. 글을 쓴다기보다 평소 말투 그대로 특유의 밝은 성격이 스며 있었다. 과제 도서를 멋대로 바꾼 점도 흥미로웠지만, 그녀의 눈에 우연히 들어온 이 책이 올해 영화화된 사실이 적혀 있지 않은 건 의외였다.

나와는 정말 다르다.

게다가 자료를 읽으며 상상했던 성격과도 조금 다른 색채였다.

하지만 충분히 호감을 느낄 만한 성격이었기에 긴장이 살짝 풀리는 느낌도 들었다. 실존 인물을 연기하는 건 어려운 일이지만, 더 깊이 이해할수록 그 인물상에 가까이 다가갈 수 있다.

나를 지명한 의뢰인은 내가 마지막까지 카나를 연기하길 바란다. 그렇다면 쓸데없는 생각은 접어두고 연기에만 전념해야겠다.

방을 나가서 1층으로 내려가자, 점심때와 똑같은 옷을 입은 아빠가 TV를 보고 있었다. TV에서는 콩트 프로그램이 흘러나왔는데, 아빠는 관객보다도 더 크게 웃었다.

"몸을 좀 움직이는 게 어때? 그러다 엄마한테 잔소리 들을 텐데."

냉장고에서 우유를 꺼내며 아빠에게 말을 건넸다.

"괜찮아. 지금 엄마 없잖냐."

태연하기 그지없는 태도다. 머그잔에 우유를 따르고 전자레인지에 데웠다.

"내가 고자질할 수도 있다는 생각은 안 해봤어?"

"딸, 그건 아니지. 오랜만에 맞는 연휴잖니. 이런 식이면 새해 용돈 액수에 영향이 갈 수도 있는데……."

"너무해. 그럼 아빠한테 진짜 실망할 거야."

읏, 하고 몸을 일으킨 아빠가 TV 소리를 줄였다.

"안 그래도 이제부터 대청소하려고 했어. 카나도 좀 도와줘."

청소할 생각은 조금도 안 했으면서. 나는 쓴웃음을 지으며 전자레인지에서 따뜻한 김이 피어오르는 우유를 꺼냈다.

"난 공부하느라 바빠. 아, 대청소면 일단 정원부터 치워야겠네. 아빠가 나무를 멋대로 심은 덕분에 낙엽이 잔뜩 쌓였잖아. 할머니 혼자 치우게 하지 마요."

"알았어, 알았어."

못 당하겠다는 표정의 아빠에게 "힘내요." 하고 격려하며 부엌에서 나오자 마침 언니가 돌아온 참이었다. 에코백에서 과자가 살짝 드러났다.

"어서 와."

말을 걸자 흠칫하며 나를 보는 언니.

"다녀왔어."

언제나처럼 쌀쌀맞게 계단을 올라가는 언니 뒤를 따라 나도 발을 옮겼다.

"어디 갔다 온 거야?"

"친구하고 영화. 왜?"

무뚝뚝한 말투의 언니는 계단을 올라가면서 미심쩍다는 듯 나를 쳐다보았다.

"좋겠다. 요새 통 영화 보러 간 적 없는데. 전에 언니하고 엄마랑 같이 갔던 게 마지막이었어."

"……그래?"

"무슨 영화였더라? 디즈니의 〈미녀와 야수〉였나?"

"응."

방에 들어가려던 언니가 갑자기 걸음을 멈췄다. 고개를 갸웃거리는 내게 "저기." 하고 힘없는 목소리로 말했다.

잠시 뜸을 들이다가 언니는 망설이듯 입을 열었다.

"너…… 정말로 카나야?"

"어? 무슨 소리야. 내가 아니면 누군데?"

"……그렇겠지."

"언니, 그런 내용의 영화라도 보고 온 거야?"

"됐어. 아무것도 아냐."

한 손으로 입을 감싼 언니는 천천히 고개를 가로젓고 나서 에

코백에서 포테이토칩을 꺼냈다.

“이거, 먹을래?”

“우와, 대박! 고마워, 언니.”

기뻐하는 나를 내버려 둔 채 언니는 방 안으로 모습을 감췄다.

나도 방으로 돌아가 나머지 숙제를 계속하기로 했다.

이 정도면 잘한 거야, 하고 나 자신을 칭찬해 주고 싶었다.

어떤 소리가 계속 들려온다.

삐익삐익 하는 작은 전자음이지만, 멈췄나 싶으면 몇 초 뒤에 어김없이 울리면서 꿈속에서 나를 끄집어냈다.

어두컴컴한 방에서 멍하니 소리의 근원을 찾았다.

아아, 가습기구나. 물을 갈지 않았던 건가…….

팔을 뻗어 전원을 끈 뒤, 다시 자려고 했다.

한동안 뒤척이며 누워 있었지만, 한 번 달아난 잠은 좀처럼 돌아오지 않았다. 결국 잠을 포기하고 몸을 일으켰다.

불을 켜자 눈이 부셔 제대로 뜰 수가 없었다. 시곗바늘은 오전 2시 반을 가리켰다.

어쩔 수 없지. 가습기 급수 통을 들고 방을 나왔다.

낡은 집이라서 그런지 발소리가 생각 이상으로 크게 울렸다. 살금살금 계단을 내려오니 부엌에 불이 켜져 있었다.

이 시간에 누구지…….

슬며시 부엌문을 열자 타쿠야가 냉장고 안을 들여다보고 있었다.

"타쿠야!"

나도 모르게 소리 내어 부르자 그는 나를 돌아보며 눈썹을 찡그렸다.

"타쿠야? 그게 누군데?"

"아…… 아무것도 아냐."

무심결에 본명을 부르고 말았다. 그동안 어렵게 잡았던 연기의 감이 사라져 버린 것 같아 서글펐다.

"꿈이라도 꿨어?"

"비슷해. 그런데 이 밤중에 뭐 하는 거야?"

싱크대에 급수 통을 놓고 물을 담으며 물었다. 땡, 하고 전자레인지가 소리를 냈다.

"야식. 갑자기 배가 고파서 말이야."

전자레인지에서 꺼낸 건 냉동 볶음밥이었고, 그것도 그릇에 수북이 담겨 있었다. 랩을 벗기자 김이 모락모락 피어올랐다. 먹음직스러운 중화요리 냄새가 부엌 안에 가득 풍겼다.

"저녁을 그렇게 많이 먹었는데 배고프다고?"

"바보. 먹은 지 7시간은 지났잖아. 성장기인 칼로리가 필요해."

기다리기 힘들다는 듯 선 채로 먹기 시작하는 타쿠야를 보니 헛웃음이 나왔다.

"아, 그래서 그랬구나. 엄마가 냉동 파스타가 없어졌다그 하더니, 그것도 오빠 짓이었어?"

"벌써 들킨 건가. 너, 절대 말하지 마."

타쿠야는 히히 웃더니 "먹을래?" 하며 그릇을 내밀었다.

"이런 밤중에 어떻게 먹어. 이래 봬도 체중 관리에 꽤 신경 쓰거든?"

"흐음. 좀 더 쪄도 괜찮을 것 같은데."

"다른 여자애한테는 그런 소리 하지 마. 바로 성희롱 대마왕이란 별명이 붙을걸?"

"실제로 그럴 것 같아서 겁나네."

음식을 후후 불면서 계속 먹는 타쿠야. 그릇에 담긴 볶음밥은 순식간에 줄어들었다. 마치 빨리 먹기 대회라도 보는 듯했다.

화장실에 다녀오자 이미 그릇을 깨끗이 비운 뒤였다.

게다가…….

"설거지 좀 해주라?"

그릇을 싱크대에 툭 놔두었다.

"해줄 수는 있는데, 대신 내일 일찍 일어나서 같이 장 보러 가줘."

"아…… 동아리 가야 하는데."

"섣달그믐날은 쉰다면서. 야마토한테 다 들었거든?"

"윽, 그 자식……."

얼굴을 찡그린 타쿠야가 체념한 듯 "알았어." 하고 대답하자 만족스러웠다.

"그럼 잘 자라."

한 손을 흔들며 부엌을 나가는 타쿠야에게 나도 대답했다.

"잘 자."

문이 닫히고 나서 설거지를 했다.

흐르는 물에 그릇을 씻으려니까 손끝이 차가워지는 것과는 반대로 얼굴은 점점 뜨겁게 달아올랐다.

조명이 어두워서 다행이었다.

그렇지 않았다면, 타쿠야와 얼굴을 마주치자마자 새빨개진 걸 들켰을 테니.

좋아하는 사람하고 한 지붕 아래서 살다니, 연기가 아니었다면 도저히 못 버텼을 것이다.

아무렇지 않게 쇼를 연기하는 타쿠야에겐 이런 마음이 1밀리그램도 없겠지…….

살짝 쓸쓸하면서도 살짝 기쁜 밤이었다.

섣달그믐날, 맑음.

아까부터 엄마, 타쿠야와 함께 슈퍼 안을 이리저리 돌아다니고 있다. 연말인 데다 단축 영업이라 이른 오후인데도 가게 안은 사람들로 붐볐다.

"이 동네 사람들이 전부 와 있는 것 같네."

엄마가 난감한 표정으로 진열대를 가리켰다.

"저기 저 찐어묵, 카트에 넣어줄래?"

"하얗고 빨간 걸로?"

인파를 헤치며 손을 뻗으려다 흠칫 멈췄다.

"엄마, 찐어묵이 이렇게 비쌌나? 평소엔 훨씬 싸지 않았어?"

내가 작은 안내판에 적힌 금액을 가리키자 엄마는 고개를 끄덕였다.

"그러게. 정월 요리에 쓰이는 식재료는 이 시기에만 갑자기 비싸진단 말이지. 옆에 있는 봉어묵도 평소보다 거의 두 배네. 그래도 찐어묵은 없으면 안 되니까 넣어둬. 정월 요리를 별로 안 좋아하는 카나도 찐어묵은 잘 먹잖니?"

"응."

그랬구나. 매일 대화할 때마다 새로운 정보가 늘어가는 것 같다.

"이것도 사도 돼?"

타쿠야가 '샤브샤브용'이라고 적힌 커다란 소고기 팩을 들고 왔다. 커다랗게 붙은 금색 스티커에는 '고급'이라고 적혀 있었다. 눈이 튀어나올 만한 가격이었다.

"그런 걸 사면 집안 살림이 너덜너덜해지겠다."

엄마는 소고기 팩이 카트에 들어가지 않도록 슬쩍 피했다. 너덜너덜해지는 게 아니라 거덜 난다고 하는 게 맞겠지만, 굳이 정정하지 않았다.

타쿠야는 그 밖에도 과자와 주스 같은 걸 계속 가져왔지만, 승률은 4할 정도였다. 평소엔 과자 같은 거 잘 안 먹는데, 아무래도 쇼의 취향을 반영하려는 것 같다. 나도 카나가 좋아한다고 했던 쿠키를 찾아보았지만, 눈에 띄지 않았다. 타쿠야가 점원에게 물어보니 제조가 중단되었다고 한다. 과자 업계도 빠르게 변화하는 모양이다.

길게 늘어선 계산대 앞에 엄마가 서 있는 동안, 우리는 밖에서 기다리기로 했다.

"올해도 끝나가네."

타쿠야는 단둘이 있을 때도 절대 연기를 멈추지 않았다. 그는 늘 연기에 진심이었다. 주위 사람들한테는 너그러우면서도 유독 자기 연기에 대해서는 제삼자의 시선으로 엄격하게 평가한다. 큰 성공을 거둔 무대에서도 반성할 점을 꼭 찾아내 자신을 몰아세운다.

그래서 나도 원래 내 모습으로 돌아갈 수 없었다.

사실 타쿠야와 이야기를 많이 하고 싶었다. 이제부터 해야 할 일이나 작전도 의논하고 싶었다. 하지만 그랬다간 타쿠야는 분명 화를 내겠지.

"1년은 진짜 순식간이네."

추위에 몸을 움츠리며 말했다.

"3년도 순식간이야. 우리도 어느 날 문득 정신 차리면, 시간의 파도에 휩쓸려서 나이를 잔뜩 먹은 뒤겠지."

"3년?"

"아니, 난 올봄부터 3학년이잖아. 카나도 눈 깜짝할 사이에 고등학교 졸업 날이 올걸? 그런데 아빠는 제대로 청소하고 있으려나?"

아빠는 오늘도 아침부터 바다사자처럼 소파에 누워 있었지.

"괜찮지 않을까? 할머니가 그냥 내버려 두진 않으실 텐데."

"아니, 당신 아들한테는 그렇게 모질지 못할걸."

"그러면 빨리 돌아가서 재촉해야겠네."

후훗, 소리 내어 웃자 하얀 숨결이 허공 속으로 스르르 사라졌다.

그때 완전 녹초가 된 엄마가 슈퍼 자동문으로 나왔다. 우리는 엄마가 짐을 차에 싣는 걸 도왔다.

뒷좌석에 앉자마자 "어머, 내 정신 좀 봐." 하고 엄마가 손뼉을 쳤다.

"청어알 사는 걸 깜빡했네."

"굳이 없어도 괜찮아."

하품을 하면서 말했다. 왜냐하면 카나는 정월 요리를 좋아하지 않으니까.

"그럴 수야 없지. 정월 요리에는 재료마다 각각 중요한 의미가 담겨 있는데."

"그럼 내가 빨리 가서 사 오지 뭐."

"부탁할게."

타쿠야에게 지갑을 건넨 엄마는 엔진에 시동을 걸고 히터를 켜주었다.

뒷좌석 오른쪽 공간에 짐이 산더미처럼 쌓여 있었다. 티슈나

쓰레기통뿐만 아니라 차 안에서 절대 사용할 일 없는 다리미나 옷걸이마저 있었다.

아무래도 엄마의 정리 실력은 영 꽝이었다.

타쿠야가 돌아오길 기다리는 동안 엄마는 스마트폰으로 집에 전화를 걸었고, 나는 짐 더미를 정리했다. 다리미와 옷걸이는 집에 가져다 놓는 게 나을 테고, 이건 뭐지? 아아, 문고본이구나.

청소년을 겨냥한 화려한 표지를 보면 분명 카나가 산 책인 것 같다. 아래쪽에는 만화책까지 있었다. 왜 이런 게 차 안에 있지?

"어라……."

나도 모르게 중얼거리다가 입을 꾹 다물었다. 다행히 엄마는 할머니와 통화하느라 눈치채지 못했다.

아무도 모르게 네모난 물건을 가까이 끌어당겼더니 나무로 된 사진 액자였다.

정원에서 찍은 사진 같은데, 거기에 카나가 있었다.

흑백사진 속 카나는 눈이 부실 정도로 밝게 웃고 있었다.

조연들의 습작

제4막

눈을 떴지만 내가 지금 어디에 있는지 알 수 없었다.

낯선 천장이 보이는 남의 방이었다.

아아, 맞다. 나는 나츠미 카나로 여기에 있었지.

철썩 밀려오는 파도 같은 기억. 잠에서 깨는 것과 동시에 가벼운 혼란에 빠지지만, 그런 혼란마저 사라진다면 진짜 나를 잃어버릴 것만 같아서 두려웠다.

히이라기 유키의 블로그 글을 읽고 싶었다. 그 글은 방황하는 나를 이끌어주는 길잡이니까. 과분한 칭찬에 다음 무대가 두려워진 것도 사실이지만……. 지금도 오디션에서 주인공을 노릴 만한 자신감은 없었다.

이 렌털 극단원 일은 매 순간이 주인공이나 마찬가지다. 지금까지 경험해 보지 못한 긴 시간 동안, 나는 눈을 뜬 모든 순간 거의 계속 연기해야 했다.

아침을 맞을 때마다 카나에게 서서히 잠식당하는 기분이었다. 몸을 일으키자, 새해를 다른 사람으로 맞이한다는 게 조금 서글펐다.

커튼을 걷어내자, 정월 초인 오늘은 두꺼운 구름에 하늘이 뒤덮여 있었다.

벌써 나흘째 아침이다. 침대 위에서 스트레칭을 하는 동안 조금씩 몸과 머리가 깨어나는 듯했다.

그래, 이건 무대야. 지금부터 또 내가 등장하는 장면이 나온다.

마지막 심호흡을 할 즈음 나츠미 카나가 된 기분이 들었다.

옷을 갈아입고 아래층으로 내려가니 부엌에서는 엄마와 할머니가 음식을 만들고 있었다. 아빠는 오늘도 소파에 앉아 TV를 상대하고 있다.

"좋은 아침."

졸음을 쫓으려고 냉장고에서 우유를 찾는 내게…….

"카나야, 새해 복 많이 받어."

할머니가 굽은 허리를 더 굽히며 새해 인사를 했다.

"아, 새해 복 많이 받으세요, 할머니."

가족끼리 인사하는 게 왠지 쑥스럽다. 엄마와도 인사를 나누었다.

두 사람은 정월 요리를 마무리하는 중이라 바빠 보였다.

"아빠, 나도 앉고 싶으니까 좀 비켜줘."

소파에 드러누운 아빠를 밀쳐내고 끄트머리에 앉았다. TV에서는 새해 특집 개그 프로그램이 떠들썩하게 흘러나왔다.

나는 평소에도 TV를 잘 안 보는 데다 특히 개그 프로그램을 안 좋아한다. 인위적으로 집어넣은 관객의 웃음소리 때문이다. 그렇게 웃기지 않는데도 그 소리 탓에 '웃어!' 하고 명령받는 것 같아 불쾌했다.

사회자와 게스트 모두 재미있게 하려고 필사적이라 차마 보기 힘들었다. 그러고 보니 내가 어릴 때 출연했던 어린이 프로그램도 그런 식이었지…….

맡은 역할에 정말 모든 걸 쏟아부으며 최선을 다했는데, 방송국에선 왜 나를 찾지 않게 된 걸까.

드라마를 할 때는 대본을 달달 외웠다. 감독이 하는 말에 특히 열심히 고개를 끄덕였다. 예능 프로그램에서는 미소와 에너지를 잃지 않았다.

그런데 왜?

"카나는 이 콤비를 좋아한다고 했지?"

하품하면서 굵은 검지로 TV를 가리키는 아빠의 독소리에 퍼뜩 현실로 돌아왔다.

"응. 진짜 웃기잖아."

눈을 가늘게 뜨며 화면을 바라보았다.

이 남녀 만담가 콤비는 나도 익히 알고 있었다. 처음 유명해진 게 꽤 오래전인 것 같은데 여전히 인기가 있나 보다.

카나가 되어 화면을 보고 있자니, 적당한 템포의 대화르 펼쳐

지는 개그에 나도 모르게 웃고 말았다.

마치 자신들이 가장 즐거운 것처럼 두 사람 모두 활짝 웃고 있어서, 그 분위기만으로도 보는 사람의 기분이 밝아지는 듯했다.

"역시 이런 만담이 제일 좋다니까."

와하하, 하고 웃으며 아빠가 눈가의 눈물을 닦아냈다.

나도 마지막엔 관객보다 더 크게 웃었다.

그러고 나서 깨달았다. 그 시절의 나는 어깨에 힘이 너무 많이 들어갔던 건지도 모른다. 웃거나 즐기는 것까지도 비즈니스로 생각한 탓에, 프로그램에 임하는 자세가 너무 작위적이었던 거다.

진심으로 즐거워하지 않는다는 게 시청자와 스태프에게도 전해질 정도였다면, 날 찾지 않게 된 이유도 이해가 됐다.

그걸 몇 년이 지나서야 깨닫다니, 정말 너무 둔한 것 같다.

방송계에 대한 미련은 없지만, 내 행동의 잘못을 깨달을 수 있었다는 것만으로도 렌털 극단원이 되길 잘했다는 생각이 든다.

그렇다면 학교에선 어땠을까? 집에서는?

어디서든 상대방 눈치만 보던 건 마찬가지였을지도 모른다. 내 진짜 감정을 말이나 태도로 표현하면, 뭔가가 바뀔 수 있을까…….

"자, 거기 두 사람. 빨리 아침 먹어요."

엄마의 재촉에 재빨리 식탁에 앉았다. 오늘 아침 메뉴는 조니(설날에 먹는 떡이 들어간 일본의 국물 요리-옮긴이 주)였다. 진짜 우리 집에선 식탁에 떡 같은 건 절대 올려놓지 않는다. 살찌는 걸 경계하는 엄마의 성향 탓에 내 일상에서는 그게 당연한 일이었다.

떡을 먹는 게 얼마 만일까.

"뭐야, 정월 요리는?"

찡그린 표정의 아빠에게 할머니가 웃으며 핀잔을 줬다.

"정월 요리는 점심부터여."

"알았어요."

아빠는 밥을 먹으면서 신문에 잔뜩 끼워진 광고지를 한 장씩 들여다보았다.

"잘 먹겠습니다."

양손을 맞대며 말한 다음 젓가락으로 슬며시 떡을 집자 놀랄 만큼 쫙 늘어났다. 씹을수록 달콤한 떡은 간장 맛 국물에 잘 어울렸다.

"맛있다!"

감탄사를 내뱉는 나는 나츠미 카나다. 그녀가 될 수 있다면 빙의되어도 상관없다. 그게 내게 요구되는 일이라면 완벽히 연기해 보일 거다. 내가 하고 싶은 일이 뭔지 찾아 나가는 건 그다음이다.

나의 이런 조용한 결심을 알 리 없는 할머니는 싱글 웃으며 "그려."라고 답했다.

자료에 따르면 오늘은 고모 가족이 인사하러 온다. 매년 카나는 이때 새해 용돈을 받는다고 한다. 고모 이름은 다나카 요코.

고모부 이름은 카즈츠나, 사촌 이름은 나츠미다. 한 번 더 그 이름을 복습해 두었다.

"오빠랑 언니는 어디 갔어?"

엄마에게 묻자 그녀는 어째서인지 할머니를 바라보았다. 사소한 동작이었지만, 당황한 것처럼 보였다.

할머니는 행주로 식탁을 닦으면서 내 옆에 앉았다.

"사야카는 친구하고 참배하러 갔고, 쇼는 아까 떡을 다섯 개나 먹고 방으로 들어갔는디."

"다섯 개나?! 너무 과식한 거 아냐?"

"갸는 어릴 때부터 떡이라면 사족을 못 썼잖여."

"오빠는 어제도 밤중에 볶음밥까지 잔뜩 먹었는데. 그럼, 지금쯤 다시 자고 있을지도 모르겠네."

"새해 첫 꿈 꾸고 있는 거 아녀?"

후훗, 웃는 할머니는 평소보다 활기가 넘쳐 보였다. 정월이라는 이벤트 덕분에 기분이 좋아진 걸지도 모르겠다.

"다 듣고 있거든?"

거실에 모습을 드러낸 타쿠야를 보며 "윽." 하는 목소리가 새어 나왔다.

"볶음밥 얘기는 안 하기로 약속했잖아."

"미안, 미안. 그래도 어차피 다 들켰을걸? 안 그래, 엄마?"

내가 도움을 요청하자, 설거지하던 엄마가 "당연하지." 하고 거들었다.

"먹는 건 괜찮은데, 말을 안 해주면 제때 사다 놓을 수가 없잖니?"

"알았어. 그럼 닭튀김 같은 것도 보충 요청합니다!"

"그래, 그래."

역시 이 가족이 좋았다. 이렇게 편하게 이야기를 나눌 수 있다는 게 기뻤다.

"어, 내일부터 신년 세일이라는데?"

아빠의 목소리에 엄마가 과장되게 한숨을 내쉬었다.

"골프채는 사면 안 돼요. 지난여름에 바꿨잖아요."

"아, 말하는 타이밍을 잘못 잡았군."

아빠의 아쉬움 가득한 표정이 우스워 나는 배를 잡고 깔깔 웃었다. 이렇게 화목하고, 이렇게 행복한 가족의 풍경이 또 있을까?

떠들썩한 아침에 초인종 소리가 울려 퍼졌다. 이어서 문 열리는 소리가 들렸다.

"새해 복 많이 받으세요!"

여자 목소리 다음으로 "안녕하세요." 하는 남자 목소리가 이어졌다.

할머니가 나를 돌아보았다.

"요코하고 카즈츠나 서방이 왔나 보네잉. 자, 어여 가서 새해 용돈 받어."

"아, 응."

자리에서 일어나며 마음을 다잡았다.

이 기묘한 무대의 규칙은 잘 모르겠지만, 연기할 때마다 무언가가 진행되는 건 확실하다.

“오빠, 비켜. 내가 먼저 갈 거야!”

타쿠야를 밀쳐내고 복도로 달려가자, 다나카 요코 씨와 카즈츠나 씨가 정장 차림으로 서 있었다. 자료에서 본 사진보다 나이 들어 보였지만, 미소만은 여전히 변함없었다. 1년 만의 재회니까 당연하다.

“새해 복 많이 받으세요! 일찍 도착했네?”

“응. 고속도로가 의외로 안 막히더라. 카나 너 많이 커졌네.”

“에이, 그러지 마. 이래 봬도 다이어트 중이거든?”

“어머, 얘는. 몸집 말고 키가 컸단 얘기지. 자, 여기. 네가 기대했을 새해 용돈.”

돈 봉투를 양손으로 받아 든 다음, 하늘 높이 들어 올렸다.

“성은이 망극하옵니다.”

보스턴백을 받아 들면서 손님용 슬리퍼를 꺼냈다.

“조니 있으니까 같이 먹자.”

“기뻐라, 배 엄청 고팠는데.”

거실 문에서 타쿠야가 얼굴을 빼꼼히 내밀었다.

“왔어?”

“쇼, 오랜만이네. 축구는 열심히 하고 있니?”

“나름대로.”

타쿠야는 용돈 봉투를 받아 들고 나를 흉내 내듯 머리 위로 들어 올렸다.

"어머, 새언니! 신세 좀 질게요. 음식 준비하느라 힘드셨죠?"

이번엔 엄마에게 말을 건네는 요코 고모. 카즈츠나 고모부는 싱긋 미소 지으며 고개를 연신 꾸벅거렸다.

떠들썩한 공간 속에서 진심으로 즐거워하는 내가 있었다.

꼭 진짜 가족 같아. 그런 생각을 했다.

신사는 한산했다.

물론 나름대로 많은 사람이 오긴 했지만, 내가 살던 동네에 있는 고샤 신사의 참배객 수와 비교하면 턱없이 적었다.

주차장이 산기슭에 있어서 본당에 도착하려면 긴 계단을 올라가거나 언덕길을 빙 돌아가야만 했다. 그렇게 높은 위치는 아니었지만, 고령자에게는 꽤 힘든 길이었다.

본당에서 참배를 끝냈다. 옆에 난 자갈길을 빠져나가자, 야마토와 미노리가 서 있는 게 바로 보였다.

"너무 오래 기도하는 거 아냐? 소원을 몇 개나 빌었길래 그래?"

모자에 다운코트, 목에는 목도리까지 중무장한 미노리가 투덜댔다.

"뭐, 어때."

이쪽은 파카에 청바지를 입은 야마토. 계단을 뛰어 올라오느라 더웠는지, 까만 목도리를 오른손에 꽉 쥐고 있다.

같은 운동 계열 동아리인데도 체감 온도는 사뭇 다른 듯했다.

"운세 뽑기 하자."

내 제안에 두 사람은 각자 다른 반응을 보였다. 미노리는 "당연하지." 야마토는 "뭐 그러던가."였다.

임시로 놓아둔 긴 테이블 위에서 운세 뽑기를 팔고 있어서, 그곳에만 적지 않은 행렬이 있었다. 상자 속에 둥글게 원통 모양으로 말아놓은 운세 종이가 잔뜩 들어 있었고, 그중 하나를 뽑는 식이다.

신주님에게 돈을 내자, 주름진 얼굴로 웃으며 내게 인사를 건넸다.

"카나, 새해 복 많이 받아라."

나도 같은 표정을 지었다.

"새해 복 많이 받으세요."

"미후네 씨는 잘 계시지? 또 참배 오시라고 전해드려."

"계단이랑 언덕길이 너무 힘드시대요."

아까 집 나올 때 그렇게 말했더랬다.

"겨울 축제 때는 여기까지 셔틀 차량을 운용하거든. 내가 직접 모시러 갈 수도 있으니까, 그렇게 말씀드려."

"네."

2백 엔을 건네고 상자에 손을 넣었을 때였다. 마침 계단을 올라온 한 여자와 눈이 마주쳤다. 선글라스에 남색 오버코트 차림을 보고 누군지 바로 눈치챘다.

그 기자다……. 설마 그럴 리는 없겠지만, 날 찾으러 온 걸까?

집 밖에 나설 때마다 마주치다 보니 자연스레 경계하게 되었다. 나츠미 가족에 대해 뭘 알아내려는 거지…… ?

운세 종이를 일부러 몸을 굽혀 고르면서 그녀의 시야에서 벗어나자, 주변을 둘러보다 이쪽으로 걸어오는 모습이 눈에 들어왔다.

역시 나를 찾아온 게 맞나 보다.

"저기, 야마토."

옆에 있던 야마토에게 운세 종이가 든 상자를 건넸다.

"응?"

"잠깐 화장실 다녀올 테니까, 운세 다 뽑으면 언덕길 쪽에 가 있어."

"기다리면 되지, 왜."

조용히 상자에 오른손을 집어넣는 야마토. 참배객들 사이에 숨어 그녀를 살펴보니 본당 쪽으로 방향을 틀고 있었다.

"안 기다려도 돼. 어쨌든 나중에 뒤따라갈게!"

내 말만 한 다음 언덕길 옆 화장실로 뛰어갔다. 그곳에 숨어 관찰하자 여자는 여전히 본당 주변을 서성이고 있었다.

안도의 한숨을 내쉬며 들키지 않게 언덕길을 살금살금 내려갔다.

저 여자는 대체 누구지……. 누구랑 닮은 것도 같은데 생각나지 않는다.

언덕길 중간쯤에서 가드레일에 걸터앉았다. 여기라면 위쪽에서 그 여자가 와도 재빨리 숨을 수 있다. 혹시라도 야다토와 미노리보다 먼저 내려오면 아래까지 뛰어 내려갔다가 그 긴 계단을 다시 올라와서 합류할 작정이었다. 아까 먹은 조니 칼로리를 다 소모할 만큼의 운동량은 될 것 같았다.

주변을 둘러보니 드문드문 자리 잡은 집들과 황량한 논밭이 펼쳐져 있다. 이 동네에서만 시간이 느긋하게 흘러가는 것 같았다.

그때 갑자기 아스팔트를 달리는 발소리가 가까이서 들렸다.

벌써 따라잡힌 건가?

호러 영화에서 다음 표적이 된 조연처럼 천천히 고개를 돌리자, 눈앞에 머리카락을 길게 늘어뜨린 여자가 서 있었다. 투명할 정도로 하얀 피부에 큰 눈동자, 하얀 코트 탓에 마치 전래동화 속 설녀雪女처럼 보였다.

그녀의 이름은…… 미카. 그래, 시나가와 미카였다.

카나의 절친으로 학교에서도 같은 반이라고 자료에 적혀 있었고, 야마토와 미노리를 통해 들은 이야기도 있었다.

“뭐야, 미카였구나. 깜짝 놀랐잖아.”

아하하, 웃어 보였지만 가슴이 크게 요동쳤다. 그건 미카가 나를 노려보고 있었기 때문이다.

지금까지 만났던 사람들과는 전혀 다른 분위기였다.

“네가…… 카나야?”

낮은 목소리에 분노가 서려 있었다. 가느다란 손가락을 힘껏 말아쥐며 나를 뚫어지듯 쳐다보았다.

"어, 무슨 소리야? 새해부터 잠이 덜 깼어?"

놀란 얼굴로 대답하는 나에게 미카는 "역시." 하고 중얼거렸다.

"넌 카나가 아냐."

이 동네에 온 뒤로 이렇게 눈앞에서 진실을 듣는 건 처음이었다. 잔뜩 동요하면서도 간신히 미소는 잃지 않았다.

"미카, 대체 왜 그러는 거야?"

"편하게 부르지 마."

미카가 천천히 고개를 가로저으며 나를 또 물끄러미 쳐다보았다. 엄청난 압박감에 입을 꾹 다물고 말았다.

"이게 대체 뭐 하는 짓이야? 이런다고 뭐가 달라져?"

"그건……."

시선을 내리깔자, 내 얼굴을 아래쪽에서 들여다본 미카가 "역시," 하고 말했다.

"사진을 봤을 때 혹시나 했는데. 너, 어릴 때 TV에 나왔던 애지?"

헉 하는 숨소리가 새어 나왔다.

"요새는 TV에 안 나오는 거 같더니, 이런 일을 하고 있었구나. 저기, 어떻게 이런 잔인한 일을 할 수 있는 거야?"

연이은 질문 하나하나가 가슴에 비수를 꽂았다. 약해지려는 마음을 단단히 붙잡았다.

지금까지 무대 조명이 켜지지 않거나 상대 배우가 대사를 통째로 까먹는 일도 있었지만 그때마다 위기를 잘 넘겨왔다. 이번에도 그럴 수 있으리라 믿었다.

"아, 진짜."

나는 미카의 흰 코트 소매를 잡았다.

"미카, 뭐 잘못 먹었어?"

"건드리지 마!"

강하게 뿌리치는 손. 자신이 밀쳐냈으면서도 미카는 오히려 상처받은 표정을 짓고 있었다.

하지만 여기서 포기할 수는 없다.

"저기, 미카. 나는 나야. 이런 장난, 난 재미없는데."

"난 거짓말을 한 적—."

"그럼 내가 거짓말을 한다는 거야? 새해 첫날부터 지친다, 진짜. 그보다도 미카, 등롱 예약은 했어?"

등롱이라는 말에 미카의 눈이 커졌다. 겨울 축제에선 등롱을 500엔으로 구입할 수 있다. 전날까지 받아 가서 플라스틱 통에 각자의 소원을 적으면 된다. 축제 당일, 본당으로 올라가는 길 아무 데나 그것을 자유롭게 설치할 수 있었다.

며칠 전에 야마토하고 미노리한테 이 얘길 들어서 다행이었다.

"그걸 어떻게……."

목소리가 힘없이 떨리는 미카에게 나는 어리둥절한 표정을 지어 보였다.

"그야 올해는 미노리까지 셋이서 하기로 약속했잖아. 예약은 미카가 맡기로 했고."

"아……."

미카는 고개를 숙이더니, 무언가를 견디듯 입술을 깨물며 고개를 돌렸다. 눈물 한 방울이 또르르 흘러내리며 그녀의 입이 열렸다.

"난 인정 못 해."

그녀의 까만 머리카락이 바람에 흩날렸다. 마치 분노를 드러내듯 바람을 따라 격렬하게 나부꼈다.

"이런 건 절대 인정 안 할 거야!"

언덕 위쪽에서 요란한 발소리가 들렸다. 돌아보니 야마토와 미노리가 뛰어오고 있었다.

"야, 너희 뭐 하는 거야!"

야마토의 목소리에 미카는 발걸음을 돌려 언덕길을 뛰어 올라갔다. 세차게 휘날리는 머리카락이 나를 계속 비난하는 것만 같다.

"괜찮아?"

옆으로 다가온 미노리의 질문에 고개를 끄덕였다.

"쟤 왜 저래? 모처럼 오랜만에 얼굴 보는 건데."

야마토는 미카가 사라져 간 쪽을 바라보며 말했다. 오랜만? 물어보고 싶었지만, 지금은 계속 카나로서 행동해야 한다.

"갑자기 화를 내던데. 왜 저러는 거지……."

"아아."

야마토가 신음하며 말을 이었다.

"지난번 만났을 때부터 뭔가 이상했어. 너보고 카나가 아니라면서 언성을 막 높이더라고. 일전에도 그러더니, 참 무슨 말인지 모르겠다니까."

무슨 말인지는 이해할 수 있어.

이해가 너무 잘 돼서 문제지.

왜냐하면 나는 카나가 아니니까.

문 앞에 서서 심호흡했다.

이대로라면 침울한 표정으로 '다녀왔습니다.'라고 말하게 될 것 같았으니까.

하늘은 아까보다도 시커먼 게, 곧 비가 내릴 것 같다.

우편함을 들여다보니 연하장과 함께 하얀 봉투가 들어 있었다. 의뢰인이 보낸 편지겠지. 감정이 가라앉은 탓인지 놀랍거나 당황스럽지는 않았다.

미카와의 일이 계속 마음에 남아 있는 게 분명했다.

정신을 바싹 차려야 한다고 나 자신을 타이르며 봉투를 코트 주머니에 집어넣었다.

현관문을 열자마자 위화감을 느꼈다. 외출하기 전에는 떠들썩하던 집이 쥐 죽은 듯 조용해져 있었다.

고모 가족의 신발은 아직 남아 있는데, 어떻게 된 걸까?

"……인 것 같아."

요코 고모의 목소리였다. 처음 만났을 때의 밝은 목소리가 아니라, 침울하게 가라앉은 말투였다.

"요코야, 고마워잉."

할머니의 목소리도 어딘가 침울하게 들렸다.

"됐어. 우리가 해줄 수 있는 건 이 정도밖에 없는걸. 안 그래?"

"그래. 어쨌든 ……를 ……야겠지."

"맞아. ……할 수밖에 없어."

대체 무슨 이야기를 하는 거지…….

더 가까이 다가가 들어보려 했지만, 바닥에서 삐걱대는 소리가 났다.

그와 동시에 말소리가 딱 멈췄다. 아차 싶어서 일부러 바닥을 힘주어 밟았다.

거실 문을 열자 할머니, 엄마, 아빠와 요코 고모, 카즈츠나 고모부가 소파에 앉아 놀란 얼굴로 나를 바라보았다.

갑작스러운 상황에 마음이 흔들렸는지, 요코 고모가 급히 얼굴을 돌리며 손수건으로 눈가를 닦는 모습이 보였다.

"다녀왔습니다. 자, 보세요. 대길大吉을 뽑았습니다!"

운세 종이를 보여주자 갑자기 다들 호들갑을 떨었다.

"굉장하네."

"어머, 건강 운은 그렇게 좋진 않네."

"꼭 행복한 한 해가 될 거야."

헤헷, 웃으며 냉장고에서 우유를 꺼내는 사이, 아빠가 TV를 틀었다. 지금 분위기에 어울리는 밝은 아이돌 노래가 흘러나왔다.

“아, 피곤해. 그 신사는 정말 계단이 너무 많다니까.”

투덜거리는 나를 보며, 엄마는 “후훗.” 하고 웃었다.

“카나도 동아리 활동을 하면 좋을 텐데. 야마토나 미노리처럼 평소에도 조금은 운동해야 해.”

“운동은 적성에 안 맞는 걸 어떡해.”

“뭐 어때.”

요코 고모가 웃으며 말했다.

“운동 같은 거 안 해도 카나는 이렇게 예쁜걸. 나츠미는 너무 여성스럽지 않아서 큰일인데.”

카나보다 두 살 많은 사촌의 이름을 언급하는 요코 고모.

“나츠미 언니도 왔으면 좋았을 텐데.”

“우리도 같이 오자고 했는데, 올해는 안 된다더라. 집에 남아도 어차피 낮잠이나 잘 거면서.”

흉보듯 말하는 요코 고모에게 웃어 보이며 자리에서 일어났다.

“그럼 저도 낮잠 좀 자러 가볼게요.”

부엌에 있는 엄마에게 말하자, 이쪽을 돌아보며 대답했다.

“그래, 그래. 오늘 저녁은 진수성찬이야. 무려 대게 요리를 할 거니까.”

"만세! 그럼 이따 봐요."

그렇게 말하며 2층으로 올라갔다.

침대에 눕고 나서야 내 출연 장면이 끝났다. 아니, 앞으로도 계속 이어지긴 할 테지만, 밤까지 내 등장 장면은 없다.

천장을 향해 무거운 한숨을 쉬며 오늘 일을 떠올렸다.

아까 본 미카도, 방금 요코 고모도…… 전부 눈물을 흘리고 있었다. 나에게 보이지 않도록 얼굴을 돌린 것마저 똑같다.

오늘 아침에 느꼈던 가족의 단란함이 갑자기 으스스한 느낌으로 바뀌었다. 역시 이 의뢰는 무언가 이상하다. 눈에 보이지 않는 공포가 서서히 옥죄어오는 기분이 들었다.

위화감을 계속 느꼈다. 진짜 카나와 쇼는 더 이상 이 집에 없다. 두 사람이 없는 건 어째서일까? 자꾸 눈에 띄는 그 기자는 대체 뭘 조사하는 걸까?

어쩌면…… 무슨 범죄와 연관된 건지도 모른다. 이건 지난 며칠 내내 머릿속에 맴돌던 가설이었다.

가짜 가족과 지내는 지금 상황이 가끔 무섭게 느껴질 때가 있다. 나와 타쿠야는 왜 이 집에서, 이제 존재하지 않는 두 사람을 연기해야만 하는 걸까…….

그렇다고 해도 난 이걸 계속해야만 한다.

하얀 봉투를 코트 주머니에서 꺼내 거칠게 뜯었다. 그리고 의뢰인의 편지를 읽었다.

스기사키 유나 씨에게

이제 슬슬 무대도 후반부에 돌입합니다.

단지 열심히 하는 것만으로는 진짜 배우가 될 수 없습니다.

배역에 완벽히 빙의되어 진짜 그 사람이 되는 것보다도 중요한 것.

그건 자신의 캐릭터를 관객 모두에게 이해시키는 일입니다.

지금의 당신은 진짜 나츠미 카나로서 살아 있나요?

당신이 처음 주연을 맡았던 〈가족의 풍경〉을 떠올려주세요.

그 연극에서 당신은 틀림없이 살아 있었습니다.

의뢰인

눈을 뜨자 방 안은 어둑어둑했고, 창밖은 당장이라도 비가 퍼부을 듯 잿빛으로 칙칙했다.

시계를 보니 오후 1시가 넘었다. 잠깐 눈을 붙인다는 게 선언한 대로 낮잠을 자고 말았다.

책상에 놓아둔 하얀 편지를 한 번 더 읽었다.

렌털 극단원을 의뢰한 사람은 내가 유일하게 주연을 맡았던 무대를 본 것 같다. 당시의 상대역이 타쿠야였으니까, 거기서 우리의 연기를 보고 같이 의뢰하게 된 걸까.

편지에는 내 캐릭터를 관객 모두에게 이해시켜야 한다고 적혀 있었다.

타쿠야가 해준 조언과도 비슷했다. 하지만 어떻게 해야 그게 가능하지…….

이렇게 어려운 연극이 또 있을까. 애초에 난 대체 뭘 위해서 나츠미 카나가 되어 생활해야 하는 걸까.

너무 깊이 생각하면 안 되는데, 부자연스러운 상황 속에서 자꾸만 도망치고 싶어진다. 그러자 또 요코 고모와 미카의 눈물이 뇌리를 스쳤다.

내 연기로 누군가가 상처받는다면, 지금 이 선택을 옳다고 할 수 있을까……. 역시 무서웠다. 언젠가 읽었던 악플이 머릿속에서 계속 맴돌며 나를 비난했다. 하지만 이런 생각이 든다는 건 내가 아직도 내 배역을 통제하려고 애쓴다는 증거였다. 몸을 맡긴 채 내 나름대로 캐릭터에 생명을 불어넣어야…….

한숨과 함께 편지를 잘게 찢어버렸다.

어쨌든 1월 3일의 중간 휴일까지는 열심히 해볼 수밖에 없다.

이제 이틀 남았다고 스스로를 격려하며 방을 나왔다.

1층에 내려가니 마침 엄마 아빠는 고모 부부를 배웅하고 온 참이었다.

언니와 오빠는 나가고 없는 것 같고, 할머니는 낮잠 중이라고 했다.

"아, 힘들다."

소파에 몸을 던지며 엄마가 내게 물었다.

"점심은 먹었니?"

"헤헤, 자느라 아직."

"뭐 만들어줄까?"

"괜찮아. 적당히 차려 먹을게. 요코 고모랑 고모부는?"

"지금쯤 도요하시로 가고 있을 거야. 카즈츠나 고모부의 남동생을 만나러 간댔어. 엄마 아빠도 좀 쉬었다가 이웃에 인사하러 가야겠다."

"그렇구나. ……차라도 타올까?"

자연스레 묻자 엄마는 눈을 동그랗게 떴다.

"별일이네. 페트병 녹차가 남아 있으니까 괜찮아."

아차 싶어서 입을 다물었다.

카나라면 어떻게 행동했을지가 아닌, 내 진짜 모습이 겉으로 드러나고 말았다. 아아, 진짜! 생각처럼 잘 풀리지 않아서 괜스레 주눅이 들었다.

진정하자……. 어떻게든 침착해야 해.

"그보다도 이따가 저녁 준비나 도와. 너 정월 요리는 싫어하잖니?"

"그렇지—."

그렇지 않아, 하고 말하려다가 그만두었다.

"그렇지, 맞아. 음, 점심은 오므라이스나 만들어 먹을까?"

"닭고기는 냉장고에 있어. 엄마 먹을 것도 조금만 만들어줘. 주먹밥 정도 양이면 돼. 아까 고모 부부랑 정월 요리를 먹었거든."

"그 정도로 되겠어? 찬밥이 좀 남았으면 중간 크기로 만들어 줄게."

"괜찮은 작전이네."

엄마는 웃으며 옷을 갈아입으러 거실을 나갔다.

오므라이스는 카나가 정말 좋아하는 음식이니까 잘못된 선택은 아니었겠지.

이건 머리로 계산된 연기라는 사실을 잠시 잊기로 했다. 지금은 그저 가족의 일상을 하나하나 해내는 수밖에 없었다.

거실 창문을 열자 찬 바람이 뺨을 스쳤다.

그제야 아빠가 보이지 않는다는 걸 깨달았다. 엄마와 같이 집에 돌아왔을 텐데, 어디로 간 거지?

샌들을 신고 정원으로 나오자, 창고 구석에서 몸을 작게 웅크린 아빠를 발견할 수 있었다.

"아빠."

말을 걸자 "히익." 하는 목소리와 함께 다급히 무언가를 발로 비벼 껐다.

콕콕 쏘는 매캐한 냄새. 담배였다.

"담배 피웠어?"

"응, 좀 피웠어."

어째서인지 당당하게 말하면서도 아빠는 두 손을 꼭 모았다.

"엄마한테는 비밀이야. 응? 새해 용돈, 두둑이 넣을 테니까. 알겠지?"

필사적으로 부탁하는 모습에 쓴웃음을 짓다가 문득 좋은 생각이 났다.

"말 안 할 테니까 안심해. 그 대신, 잠깐 스마트폰 좀 빌려줘. 내 건 고장이라."

"스마트폰?"

아빠는 바지 주머니에서 스마트폰을 꺼내 잠금 화면을 해제해 주었다.

"금방 끝날 테니까 한 대 피우고 계세요."

"아니, 스마트폰은 천천히 돌려줘도 돼. 이제부터 엄마하고 이웃들한테 인사하러 가야 하거든."

플라스틱 용기에서 민트 사탕 하나를 꺼내 입에 넣은 아빠는 현관 쪽으로 걸어갔다.

자료에는 아빠가 비흡연자라고 적혀 있었다. 최근에 피우기 시작한 걸까?

아니, 지금은 그딴 걸 생각할 때가 아니다.

스마트폰 화면에서 '극단 하마마쓰, 가족의 풍경'이라는 키워드로 검색했다.

맨 위에 표시되는 건 우리 극단의 공식 홈페이지. 그 밑에는 자주 대관하는 공연 홀의 홈페이지가 있었다. 그리고 세 번째에 '히이라기 유키와 연극'이라는 블로그가 표시되었다.

제목만 봐도 마음이 순식간에 가벼워진다. 늘 그녀를 동경했고, 조금이라도 그 사람처럼 연기할 수 있기를 바랐다. 지금도 그 마음은 여전했다.

히이라기 유키가 내 입장이라면 분명 아무 망설임 없이 카나에 몰입할 수 있었겠지.

좌절하거나 일이 잘 안 풀릴 때는 이 기사를 읽으며 기운을 얻는다.

터치하는 순간 내용이 표시되었다.

이미 추위 따윈 느껴지지 않았다.

히이라기 유키와 연극

무대 리뷰 - 68 극단 하마마쓰 공연 〈가족의 풍경〉

"나는 연극을 사랑한다. 그건 인생보다 훨씬 현실적이기 때문이다." 그 유명한 오스카 와일드가 남겼다는 명언이다.

오랜 세월 연극계에 몸담고 있다 보면 셀 수 없이 많은 연기자와 만나게 된다. TV와 영화에서 활약하는 연기자보다 극단원에 대한 애착이 깊은 건 내가 작은 극단 출신이기 때문이며, 그 점은 너그럽게 이해해 주셨으면 한다.
상경하고 첫 극단에 몸담았을 때, 함께 입단한 한 남성이 있었다.
이름은 휴가 코지였다. 그는 당시 아마추어나 다름없는 내가 봐도 연기에 재능이 없었다. 대사를 국어책 읽듯 하고, 행동은 꼭 로봇 같아서 제대로 된 배역을 받지 못했다. 하지만 가난해서 끼니마저 제대로 못 챙기면서도 휴가는 늘 웃었다. 특유의 탁한 목소리로 크게 웃는 그를 싫어하는 사람은 없었던 것 같다.
그가 있으면 극단이 태양 아래 있는 것처럼 밝아져서 늘 분위기 메이커를 담당했다. 하지만 연기만큼은 아무리 해도 늘지 않았다.
난감해진 극단장이 그에게 한 연극 무대의 연출을 맡긴 적이 있었다.
그 무대는 지금도 잊을 수가 없다. 그는 물 만난 물고기처럼 작품을 자유롭게 가지고 놀았다. 그가 만들어낸 물의 흐름 속에서 연기자들이 자연스럽게 헤엄치는 느낌이었다.
시원한 바닷물에 몸을 맡긴 편안함이라고 해야 할까.
그 후 그는 연출뿐만 아니라 무대 감독으로도 이름을 알렸지만, 어느 날 갑자기 고향인 시즈오카현으로 돌아가 버렸다. 너무나 갑작스러운 퇴장이었다.
하마마쓰시에서 '극단 하마마쓰'를 만들었다는 소문이 들렸지만 서로 연락도 없이 긴 시간이 흐른 어느 날, 그에게서 한 통의 초대장을 받았다.

극단 하마마쓰의 봄 공연이라고 적혀 있던 기억이 난다. 당시에 난 한창 바쁜 시기라 다음 무대 연습과 영화 촬영에 쫓기고 있었다.

하지만 나도 모르게 신칸센에 올라탔다. 휴가라는 남자가 초대장을 보냈다면, 그만큼 자신이 있다는 뜻이겠지, 하고 생각했던 것 같다.

전에 하마마쓰시에 영화 촬영으로 온 적이 있었는데, 연극이 열리는 곳은 너무나 작은 규모의 공연 홀이었다. 간소한 세트와 조명을 보면서도 기대감은 줄어들지 않았다. 그건 그의 재능을 아는 사람만이 이해할 수 있는 기대감이다.

〈가족의 풍경〉은 제목 그대로 가족 관계에 초점을 맞춘 연극이었다.

주인공은 초등학교 4학년. 가족끼리 크게 다툰 뒤에 부모님이 사고로 죽어버린다. 친척 집에 맡겨진 소녀는 말문과 마음을 닫아버린다. 하지만 이웃에 사는 남자애와 조금씩 친해지다가, 유성을 찾기 위해 가출한다는 줄거리였다.

약 90분의 연극이었지만, 막이 내리는 것과 동시에 처음 들어볼 만큼 커다란 박수 소리가 공연장을 가득 메웠다. 어느새 나도 자리에서 일어나 갈채를 보내고 있었다.

그가 가진 감독으로서 역량이 그 자리에 있던 모든 사람에게 전해졌음을 느낀 나는, 굳이 인사하러 가지는 않고 공연장을 빠져나왔다.

지금 생각하면 난 질투를 느꼈던 건지도 모른다.

그 연극에는 인생보다도 훨씬 현실적인 공간과 시간, 언어가 넘쳐났다.

또 주인공이 스기사키 유나라는 점도 놀라웠다. 광고를 통해 방송계에 진출한 그녀가, 설마 그 정도로 엄청난 연기를 해내는 아이였을 줄이야. 배역에 완벽히 빙의한 듯한 연기에 관객은 함께 웃고, 울고, 분노했다.

TV에서 늘 싱글싱글 웃기만 하던 모습에서는 상상할 수 없는 연기 실력에 감탄할 수밖에 없었다.

불과 3일 동안 공연되는 지방 연극에서만 느낄 수 있는 절박함과 긴장감.

이래서 연극을 그만둘 수 없다.

언젠가 또 휴가와 만나고 싶다. 그와 함께 좋은 작품을 만들 날이 꼭 오리라 믿으며 나는 오늘도 무대에 선다.

겨울방학 숙제를 풀수록 마음이 조금씩 가라앉는 게 느껴졌다.

히이라기 유키의 블로그를 보면 기분 전환이 될 줄 알았는데, 오늘은 그마저 별 효과가 없었다. 오히려 그렇게 극찬해 준 그녀에게 미안한 마음이 든다.

그 무대에서 주인공을 맡았던 건 나의 가장 빛나는 과거다. 연기의 즐거움을 알게 된 동시에, 나 자신을 완전히 통제하지 못할지도 모른다는 두려움도 느꼈다.

그렇게 많은 자료를 받았으면서도 제대로 연기하지 못하는 지금의 나를 보면, 히이라기 유키도 분명 실망하겠지…….

언젠가 주인공 오디션을 보게 될까? 아니, 나에겐 무리다. 지금은 극단이라는 내 안식처를 지켜내는 것만 생각해야지.

"카나 있어?"

노크 소리가 나더니 내가 대답하기도 전에 문이 열렸다.

"아, 있었네."

장난스럽게 말하는 타쿠야. 스웨터와 파카 차림으로 방금 씻었는지 머리카락이 젖어 있었다.

"갑자기 문 열지 말랬잖아."

고개를 홱 돌렸다. 이런 기분으로 계속 연기할 자신이 없었다.

하지만 타쿠야는 멋대로 방 안에 들어오더니 "헤에." 하고 방 안을 둘러보았다.

"할머니도 우체국에 간댔어."

"응."

"그래서 지금 이 집에는 우리 둘뿐이야."

"응."

같은 말만 되풀이하며 작은 한숨을 내쉬었다.

"이봐, 유나."

타쿠야가 손바닥으로 내 머리를 톡톡 두드렸다.

"뭐어?!"

방금 나를, 진짜 이름으로 부른 거야……? 카나가 아니라 유나라고?

당황하는 사이, 타쿠야의 얼굴이 내 귓가 쪽으로 살짝 다가왔다.

"제대로 집중해."

"……어?"

믿기지 않는 마음으로 올려다보자, 타쿠야가 싱긋 웃고 있었다.

"너답지 않아. 전혀 카나가 되지 못하고 있잖아."

"타쿠야……."

아차 하는 순간, 참아왔던 눈물이 한꺼번에 터져 나왔다. 타쿠야에게 내 부족한 연기가 그대로 들켜버린 듯해 부끄러웠고, 스스로가 한심하게 느껴졌다.

"그야…… 이런 건 너무 어렵잖아. 어째서 이런 일을 해야 하는 거야? 진짜 카나하고 쇼는 어디에 있는 거야? 게다가 이상한 부분이 너무 많아."

주절주절 흘러나오는 말에 타쿠야는 "글쎄." 하고 중얼거렸다.

"하지만 그게 우리하고 무슨 상관이겠어."

"그래도, 그래도……."

"여기는 무대야."

조용히 말하는 타쿠야. 그가 무슨 말을 하고 싶은지는 안다. 하지만 도저히 그럴 수가 없어.

타쿠야가 무릎을 굽히며 나와 눈높이를 맞췄다. 하지만 눈물로 눈앞이 흐려져 제대로 시선을 맞출 수가 없다.

마구 흐느끼는 내게 타쿠야의 목소리가 들려왔다.

"이 가족에게는 우리가 필요해. 그래서 의뢰가 온 걸 거야. 프로라면 마지막까지 잘 해내야지."

"……못 하겠어. 이런 건 이상한걸."

"연기자라면 어떤 무대든 연기를 해야만 해."

나도 알아. 알고 있지만…….

"난 못 하겠어. 정말로…… 너무 괴롭단 말이야!"

타쿠야를 밀쳐내며 방을 뛰쳐나왔다. 계단을 내려와 집 밖으로 나왔지만, 타쿠야는 내가 그럴 줄 알았다는 듯 따라오지 않았다.

무리야. 더 이상 계속하는 건 무리야.

언덕길을 달려 내려가 버스 정류장 벤치에 쓰러지듯 앉았다.

코트를 입지 않아서 추위에 몸이 얼 것만 같다. 버스비도 없이 나왔으면서, 대체 어디에 가려고 했던 걸까.

분하고 슬퍼서, 내 초조함이 차가운 바람이 되어 나를 몰아세우는 것만 같다.

드디어 타쿠야가 타쿠야로서 내게 말을 걸어줬는데. 나는 바보다.

내 감정만 앞세우고 말았다. 타쿠야는 아무런 잘못도 없는데…….

이런 자괴감 속에서 연기 같은 걸 어떻게 계속할 수 있을까.

문득 발소리가 들려 고개를 돌리자…….

"아……."

여기자가 서 있었다. 신사에서 봤을 때와 똑같은 복장으로, 울고 있는 나를 의아하다는 듯 바라본다.

"너, 우는 거야?"

"……무슨 상관이에요."

손등으로 눈물을 훔치며 몸을 일으켰다. 정말 최악이었다. 연기를 할 수 없게 된 것도 모자라 절대 마주치기 싫은 사람과 만나다니.

"무슨 일 있었니? 나츠미 저택 안에서 무슨 일이 벌어지고 있는 거야?"

"그만 좀 하시라고요!"

내가 소리치자, 여자는 상처 입은 듯 눈을 내리깔았다.

"왜 저를 따라다니는 거예요? 당신, 대체 누구예요?!"

따져 묻듯 다가가자, 그녀는 같은 보폭으로 뒷걸음질 쳤다. 그제야 나는 깨달았다.

여자의 눈동자에 눈물이 맺혀 있다는 걸.

"울고…… 있어요?"

"아아, 아냐. 그게 아니라……."

눈가에 손수건을 갖다 댄 여자가 "아니야." 하고 거듭 말했다.

"정말이지, 난 대체 누구인 걸까……."

쓸쓸히 말을 잇는 그녀를 보며, 방금까지의 불안과 분노가 어느새 사라진 듯했다. 고요한 가운데 멀리서 절의 종소리가 울려 퍼졌다.

내가 누군지 모르는 건 나도 마찬가지다.

여자는 어깨를 들썩이며 한숨을 내쉬더니 마음을 굳힌 듯 나를 바라보았다.

"성가시게 해서 미안해. 널 힘들게 했다는 거, 나도 알고 있어."

"저기……."

"카나를 연기하고 있는 거지?"

흠칫하는 내게 여자는 체념한 듯 희미한 미소를 보였다.

"괜찮아. 하지만 너무 괴로워 보여서 내버려 둘 수가 없었어."

"……당신은 누구세요?"

이번엔 정중하게 다시 묻는 나에게 여자는 검지를 세워 입에 댔다.

"그건 말 못 해."

"뭐예요, 그게……."

"그래도 말할 수 있는 한 가지는, 마지막까지 힘내줬으면 해."

내 질문에는 대답하지 않은 채, 내 표정을 살피던 그녀가 다시 입을 열었다.

"분명 그게 가족을 위한 일일 테니까."

"가족을 위한……?"

"미안해. 이제부턴 곤란하게 안 할게. 응원해."

그 말과 함께 여자는 미소를 남긴 채 떠나갔다.

그 머리카락이, 뒷모습이, 발걸음이 아직도 울고 있는 것처럼 보였다.

집에 돌아오니 할머니가 싱크대 앞에 서 있었다. 다른 사람은 보이지 않았다.

"아빠하고 엄마는?"

"정월 참배하러 갔어. 카나는 이미 다녀왔담서? 쇼는 어디 갔는지 안 보이네잉."

설거지 중인지 플라스틱 통 안에서 짤랑거리며 식기 부딪치는 소리가 났다. 무슨 일이든 꼼꼼한 성격인 것 같았는데, 설거지만큼은 서툰가 보다.

내가 부엌 의자에 앉자, 할머니가 문득 생각났다는 듯 고개를 들었다.

"간식이라도 뭐 먹을려? 정월 요리는 카나가 싫어하제?"

"맞아. 배도 별로 안 고파."

"그럼 떡 구워줄까? 콩가루랑 설탕 찍어가지고 먹을려?"

"응."

주름투성이 얼굴로 묻는 할머니에게 고개를 끄덕여 보였다.

냉장고에서 네모나게 자른 떡을 꺼내는 할머니를 거들었다. 이 집의 오븐 토스터는 냉장고 위에 놓여 있어서 할머니 혼자서는 힘들 것 같았으니까.

할머니도 먹겠다고 해서 떡 세 개를 나란히 놓고 오븐 토스터의 다이얼을 돌렸다.

"이 토스터, 좀 낮은 데 두면 좋을 텐데. 엄마는 그런 생각을 잘 못 하신다니까."

"쓸 땐 니 엄마가 하니께 괜찮여. 게다가 아침엔 빵보단 밥 먹잖여."

온도가 올라가며 오븐 토스터 안이 점점 주황색으로 물들어 갔다.

"아빠는 맨날 잠만 자고, 우리 집에서 제일 고생하는 사람은 할머니일걸?"

"괜찮여. 그게 가족이란 거잖여."

"가족이라……."

떡은 아직 네모난 모양 그대로다.

"가족이란 뭘까?"

불쑥 흘러나온 말에 할머니는 "응?" 하고 내 쪽을 돌아보았다.

"싸움이라도 한 겨? 아, 쇼하고?"

"아니야, 절대. 그냥 잠깐 그런 생각이 들어서. 깊은 뜻은 없어."

내가 얼버무리는 걸 아는지 모르는지, 할머니는 콩가루와 설탕을 막자사발 안에서 섞고 있었다.

위이이이이잉.

신음하는 오븐 토스터 안의 떡은 아직도 변화가 없다.

"할미가 생각하는 가족이란 말이여, 서로 사양하지 않는 거여. 하고 싶은 말은 마음껏 하는 게 제일 중요한 겨."

"그래도. 하고 싶은 말을 다 쏟아낸 사람이야 속 시원하겠지만, 듣는 사람 기분은 어떻겠어."

오븐 토스터 안에서 진짜 우리 집의 풍경이 보이는 것 같았다. 지금쯤 두 사람은 어떤 새해를 맞고 있을까?

싸우기만 하는 아빠와 엄마. 설마 정말로 이혼하는 걸까……. 이렇게 된 건 역시 내 탓인지도 모른다.

"저기, 카나야."

"응?"

막자사발을 내려놓은 할머니가 슬며시 자세를 바로 했다.

"카나는 말이여, 속마음을 좀 더 이야기해도 괜찮여."

"그건…… 어떻게 그래."

나까지 하고 싶은 말을 다 해버리면, 우리 가족은 틀림없이 무너질 거다.

"중요한 얘기는 제대로 해야 나중에 후회를 안 하는 겨. 무조건 아무 말도 안 한다고 상대를 위하는 게 아녀."

무슨 뜻인지는 안다. 하지만 난 그럴 수가 없다.

떡이 뚱뚱하게 부풀어 올랐다.

"할미는 이렇게 생각혀."

"뭘?"

접시를 받아 들며 되묻자, 할머니는 쓸쓸하게 시선을 떨궜다.

"가까운 사람은 늘 곁에 있을 거 같지만, 실은 그렇지가 않은 겨. 사람은 언젠가 멀리 떠나갈 날이 오니께. 그게 친구든 가족이든 간에 말이여, 그때까지는 속에 있는 말을 제대로 해야 나중에 후회를 안 하는 거여."

띵, 하고 오븐 토스터가 알람을 울려도 할머니에게서 눈을 뗄 수 없었다.

"……그게 무슨 뜻이야? 후회……라니?"

"소중한 사람이 지금 당장 사라진다고 생각혀 봐."

"그런 생각을 어떻게 해."

"니가 생각하지 않으려고 하니께 그런 겨. 그래도 사람은 언제 죽을지 몰러. 가는 데는 순서 없으니께, 생각지 못한 일도 많이 벌어지는 겨."

무겁고 조용한 분위기 속에서 할머니의 말이 가슴에 와닿았다.

"그럼 할머니도…… 후회되는 일이 있는 거야?"

"그려. 그때 그냥 말해 뿔었으면 좋았을 텐디, 그런 일 참 많제."

그렇게 말하고 나서, 할머니는 울고 있는지 웃고 있는지 모를, 묘한 표정을 지었다.

"카나는 후회하지 않았으면 혀. 가족의 풍경을 소중히 여긴다면은, 중요한 얘기는 꼭 숨기지 말고 혀야 혀."

가족의 풍경…….

진저리를 칠 뻔한 몸을 억누르며 오븐 토스터 문을 열었다. 탄 자국이 난 떡에서 고소한 냄새가 났다.

"뜨거우니께 조심혀."

"응."

떡을 살며시 접시에 올리는 젓가락 끝이 미세하게 떨렸다.

이 집에 실제로 존재하지 않는 사람은 카나와 쇼, 두 명. 어쩌면 어느 날 갑자기 가족이었던 두 사람을 잃은 건지도 모른다. 그 상실과 후회를 조금이라도 메우기 위해 렌털 극단원을 부른 건 아닐까…….

"왜 갑자기 그런 말을 하는 건데?"

아무렇지 않게 묻자, 할머니는 "그게 말이여." 하며 잔잔하게 웃었다.

"하마마쓰 홀에서 봤던 연극이 생각나네잉. 워매, 옛날에 본 거라 제목은 잘 모르겄는디, 참말로 멋진 무대였어."

숨을 못 쉬겠다. 굳이 찾으려 하지 않던 진실이 갑자기 모습을 드러내는 것 같다.

"……어떤 연극이었는데?"

할머니는 내 접시에 콩가루를 듬뿍 뿌려주었다.

"초등학생 애가 있었는디, 그게 엄마랑 싸운 거여. 홧김에 말도 안 하기로 혔지. 근디 그날 하필 부모님이 사고로 돌아가셔부

렀는 거여……. 아마 숙모네 집에 얹혀살게 됐을 겨. 그 애는 다음에 큰 상처를 입고, 얼마나 후회했는지 몰러."

"그랬구나."

"그러니께, 카나는 후회하지 말았으면 혀."

틀림없었다. 지금 할머니가 말한 연극 내용은 내가 주인공을 맡았던 〈가족의 풍경〉 줄거리였다.

할머니가 렌털 극단원의 의뢰인이었구나……. 혼자 연극을 보러 갔을 리는 없을 테니까 어쩌면 아빠와 엄마 모두 의뢰인일지도 모른다.

왜 의뢰한 걸까? 나는 뭘 하면 될까?

목구멍까지 차오른 질문을 겨우 삼키자마자, 갑자기 문이 벌컥 열렸다.

"다녀왔습니다."

타쿠야가 학교 체육복 차림으로 서 있었다. 타쿠야는 언제나 갑작스럽게 등장한다. 아까 나눈 대화를 떠올리면서 겨우 "어서 와." 하고 대답했다.

그보다는 타쿠야에게 할머니가 의뢰인일지도 모른다고 말하고 싶은 마음이 더 컸다.

"마침 떡 다 구워졌는디, 쇼도 먹을려?"

"당연하지. 카나, 난 세 개."

"아……."

마른침을 꿀꺽 삼키고 나서 고개를 끄덕였다. 어쩌지? 너무 동요한 탓에 목소리가 잘 나오지 않는다.

"방금 구운 떡은 쇼가 두 개, 카나가 한 개 먹으면 되겄네잉. 나머지는 지금부터 또 구우면 되니께. 자, 카나도 앉어라."

"응."

비틀거리며 의자에 앉자 타쿠야는 바로 젓가락을 집었다.

'타쿠야, 어쩌면 좋지?' 하는 눈빛 신호를 보냈지만, 그는 알아채지 못했다.

"맛있겠다!"

타쿠야가 바로 입에 넣었다가 "앗 뜨거!" 하고 외쳤다.

"아, 천천히 먹어. 카나도 먹구."

"……응."

치지지지직.

할머니가 오븐 토스터에 넣은 떡이 지글지글 소리를 내며 구워지고 있었다.

탄 자국이 난 떡을 젓가락으로 집어 들자 늘어나는 모습이 보였다. 그제야 조금씩, 아주 천천히 마음이 가라앉는 걸 느꼈다. 휴가 씨가 절대 궁금해하지 말라던 말이 떠올랐지만, 난 또 이렇게 추리를 하고 있었다.

"쇼는 정월 참배 다녀온 겨?"

할머니의 목소리에 타쿠야는 "아." 하고 문득 생각났다는 듯이 입을 열었다.

"아직 안 갔네. 어차피 겨울 축제 때 다 함께 갈 테니까 그때 몰아서 가지 뭐."

"그런 게 어딨어."

나는 어이가 없다는 듯 말했다.

"몰아서 가면 신도 기분 나쁘지 않겠어?"

"뭐래. 난 무신론자거든?"

"시험 전에는 신한테 기도하는 주제에."

애써 밝게 굴어보지만 영 마음처럼 되지 않는다. 전혀 카나가 되지 못하고 있다는 걸 뼈저리게 느꼈다. 입을 열 때마다 대사는 껍데기뿐이었고, 그런 자신이 한심했다.

어쩌면 할머니는 제대로 연기하지 못하는 나를 위해 아까 비밀을 살짝 공개한 건지도 모른다.

그렇다면 제대로 해야만 할 텐데……. 관객은 할머니. 난 그녀가 이해할 만한 연기를 보여줘야만 한다.

"그런데 진짜 맛있다. 할머니도 타쿠야 대신 하나 먹어보면 어때?"

그렇게 말하자 할머니는 나를 보며 따뜻하게 웃어주었다.

아직 '불합격'이라고 말하는 듯했다.

제5막

결심의 아침

정월 초 연휴의 아침, 거리는 마치 사람들이 사라져 버린 것처럼 고요했다.

평소라면 이리저리 바쁘게 움직이는 자동차나 조깅하는 사람들을 쉽게 볼 수 있었지만, 오늘은 거의 없었다. 이 동네는 더 심해서, 고지대 공원에 도착할 때까지 단 한 사람과도 마주치지 않았다.

마치 동네 전체가 잠든 듯했다. 공원의 자갈길을 밟는 소리만 존재하는 이 세계는, 마치 신성한 공기로 가득 찬 듯한 느낌을 주었다.

벤치에 앉으니 맞은편 고지대에 있는 신사가 딱 내려다보였다. 아, 저기 몇 사람이 있긴 하네. 조금 아쉬운 기분이 든다.

그녀는 과연 와줄까?

어젯밤, 책상 서랍에 들어 있던 카나의 다이어리에서 번호를 찾아 미카에게 전화를 걸었다. '내일 아침 8시에 공원으로 와줘.' 라고 말하자, 미카는 망설이듯 10초 가까이 침묵하다가 전화를 끊었다.

하얀 숨이 끊임없이 생겨났다가 흩어졌다. 눈이 쏟아져 내릴 것만 같은 추운 날씨였다.

의뢰 내용을 알아내려고 하면 안 된다는 건 알고 있다. 하지만 결국 그 생각에서 매일 벗어나지 못할 거라면, 조금은 행동해도 괜찮지 않을까.

누구에게도 말하지 않으면 들키지 않을 테다. 상황을 모른 채 계속 연기하는 건 너무 어려웠다.

이는 어젯밤 내가 내린 결론이자 강경하게 바꾼 방침이었다.

지금 다시 생각해 보면 내 나름대로 몇 가지 가설을 세울 수 있었다.

우선 의뢰인은 틀림없이 나츠미 미후네이리라. 나츠미 가족의 장남인 쇼와 막내딸 카나는 어떤 사정으로 인해 세상을 떠났다. 외국에서 유학 중이거나 입원했을 가능성도 없진 않겠지만, 지금의 상황만 보면 사망했을 가능성이 가장 크다고 보는 게 자연스러웠다.

슬픔에 젖은 가족들의 상처를 치유하기 위해서, 할머니는 렌털 극단원을 의뢰했다.

그 기자는 쇼와 카나의 죽음에 의문을 품고 있는 건지도 모른다.

야마토와 미노리는 렌털 극단원에 관한 이야기를 듣고, 설정을 지켜주고 있다.

그런데 미카만 혼자 반대 입장을 고수하는 것이다.

어제의 적대적인 눈빛이 계속 마음에 남았다. 카나와 가장 사이좋았던 친구가 미카였으니까, 짧은 기간이라 해도 가짜가 나타났다는 걸 용납할 수 없겠지.

"그래도……."

하얀 숨이 화악 하고 짙게 새어 나왔다.

동네 사람들은 어떻게 된 걸까? 요코 고모와 카즈츠나 고모부는?

그런 부분은 아직도 설명되지 않은 채로, 렌털 극단원의 임무는 이제 단 며칠만을 남겨두고 있다.

내일이면 일단 진짜 집으로 돌아갈 수 있다.

……이걸로 된 걸까?

할머니와 가족들의 상처를 아직 조금도 치유하지 못했다. 어떤 카나를 연기해야 모두에게 밝은 웃음을 줄 수 있을까…….

추위에 몸을 웅크린 채 기다리는데, 멀리서 목소리가 들려왔다.

"카나, 좋은 아침."

미카가 이쪽으로 걸어오고 있었다.

와줬구나, 안도하면서도 어쩐지 마음 한구석이 무겁게 굳어 뺨이 경직되었다.

하얀 피부와 잘 어울리는 흰색 코트는 어제와 똑같았다. 달라진 건 얼굴에 미소를 띠고 있다는 사실이었다.

“좋은 아침.”

조금 늦게 대답하자 미카는 내 오른쪽에 주저 없이 앉았다.

“오늘은 일찍 일어났네. 난 어제 늦게 자서 졸리다.”

내게 힘없이 몸을 기대는 미카에게서 달콤한 향기가 났다. 어제와 전혀 다른 태도에 당황하고 말았다.

내가 무슨 말을 해야 할지 생각하기도 전에 미카가 기댄 몸을 바로 세우며 큰 눈으로 나를 바라보았다.

“그런데 말이야, 이 공원은 정말 사람이 없네. 우리가 제일 자주 오는 것 같지 않아?”

“응, 그러게.”

“야마토하고 미노리는 오늘 안 와?”

“안 불렀어.”

“헤에. 그럼 우리 둘뿐이네.”

기쁜 듯이 웃는 미카를 보며 당혹스러울 뿐이었다. 내가 카나가 아니라는 사실에 화를 내던 미카는 온데간데없었다. 다른 사람들처럼 자연스럽게 나를 대하는 모습이 이상했다.

“저기, 올해도 겨울 축제에 같이 갈 거지? 몇 시에 모이기로 했더라?”

미카의 질문에 고개를 갸웃거렸다.

“본당 앞에서…… 7시였나?”

"7시. 알았어. 올해도 방울 카스텔라 파는 노점이 있으려나? 카나가 제일 좋아하는 거잖아."

"그러게. 그거 맛있잖아."

간신히 대화를 이어 나갔다. 깊이 생각하기보다 지금은 카나로 존재하는 것이 우선이었다.

"오늘 부른 건, 그 일 때문에 나랑 상담하려는 거지?"

"그게……."

"괜찮아, 나도 다 아니까."

아무 말도 하지 말라는 듯이 오른손을 쫙 펴며 내 말을 막은 미카가 고개를 살짝 숙이며 나를 올려다보았다.

"그래서, 야마토한테는 언제 고백할 거야?"

갑작스러운 말에 눈을 동그랗게 뜨자 미카가 소리 내어 웃었다.

이건 또 처음 알게 된 사실이었다. 난 그저 어제 신사에서 있었던 일이나 내 정체에 관한 이야기가 나올 줄 알았으니, 놀랄 수밖에 없었다.

"야마토한테…… 뭐?"

대화를 맞춰갈 생각도 못 한 채 되묻고 말았다. 미카는 "으휴." 하고 입을 비죽 내밀더니 못 말린다는 듯 미소 지었다.

"벌써 짝사랑만 몇 년째야? 해마다 겨울 축제 전에는 고백할 거라고 선언하잖아. 이 정도면 거의 연례행사 아냐?"

그랬구나……. 자료에는 카나가 좋아하는 사람에 관한 건 적혀 있지 않았다.

절친인 미카한테는 계속 얘기했구나. 그리고 올해 겨울 축제에서 고백하려고 했던 거고.

할머니가 어제 말했던 "속마음을 좀 더 얘기해도 괜찮아."라는 말을 이제야 이해할 수 있을 것 같았다.

카나도 나와 마찬가지로 오랫동안 짝사랑하고 있었구나. 어릴 때부터 너무 가까이 지내다 보니 마음을 전할 용기가 나지 않았던 거야.

"솔직히 말하면 아직 결심을 못 하겠어. 만약에 거절당하면 지금처럼 편하게 만날 수 없을 테니까……."

분명 카나의 마음은 이런 식으로 불균형하게 흔들렸을 것이다. 고백하고 싶어도 할 수 없는 관계는 나 역시 마찬가지였다.

"그럴 줄 알았어. 카나는 남들 연애 상담은 잘만 해주면서, 자기 연애는 영 꽝이라니까."

"안 그렇거든?"

"그렇거든. 안 그랬으면 꾹 참으면서 소꿉친구로만 지내진 않았겠지."

카나는 참았던 걸까? '카나가 되어야 한다'는 생각이 들기 전, 내 진짜 마음이 먼저 고개를 들었다.

"참았던 건…… 아닐 거야."

그 마음이 멋대로 말을 이어 나갔다.

"그게 무슨 뜻이야?"

긴 머리카락을 정리하듯 쓸어 넘기는 미카.

"가까이서 늘 지켜볼 수 있다는 것만으로도 행복한 거야. 거기서 관계가 발전하면 더 기쁠지 모르지만, 동시에 불안해지겠지. 별것도 아닌 일로 싸우거나 헤어질 수 있다는 생각이 무서운 거야."

카나인 척 연기하는 것도 잊은 채 내 마음을 털어놓고 있었다. 아아, 어쩌다 이렇게 되어버린 걸까. 머릿속에서 타쿠야의 얼굴을 필사적으로 밀어냈다.

제삼자의 시선으로 내가 가진 의견을 말한다는 것 자체가, 연기를 포기한 것과 다를 바 없었다.

하지만 미카는 이해했다는 듯 고개를 끄덕이더니 눈을 들어 연청색 하늘을 올려다보았다.

"아마 야마토도 똑같은 생각일걸?"

"뭐? 그렇진…… 않을 거야."

"내가 예전부터 말했잖아. 야마토가 카나를 볼 때 눈빛이 다르다고."

"그런가……."

"카나가 지금 상태에 만족한다면야 어쩔 수 없지. 그래도 친구로서 네가 행복해졌으면 하니까."

마지막 말에 살짝 떨림이 섞여 있었다. 돌아보니 그녀의 눈에 금세라도 쏟아질 듯한 눈물이 맺혀 있었다.

미카도 느꼈는지, 얼굴을 돌리며 "훗." 하고 입을 다문 채 웃었다.

"나 좀 봐. 최대한 자연스럽게 하려고 했는데, 미안."

숨김없이 몸을 떨며 눈물을 흘리는 게 보였다.

"……미카?"

"역시…… 카나하고 이야기할 수 있어서 기뻐. ……너무 기뻐."

내 탓인 것만 같다. 내가 제대로 카나가 되지 못한 탓에 그녀의 필사적인 연기를 방해하고 만 것이다.

"나도 기뻐."

얼버무리듯 밝게 말했지만, 미카는 천천히 고개를 가로저었다.

"미안, 제대로 하려고 했는데…… 역시 못 하겠어."

코가 새빨개진 그녀는 또 상처받은 것처럼 보였다.

양손으로 얼굴을 감싸는 미카에게 난 아무 말도 할 수 없었다. 내 특기였던 즉흥 연기조차 할 엄두가 나지 않는다.

"카나랑 오빠가 그렇게 돼서, 난…… 난……!"

오열하는 미카의 등을 나는 무심코 쓰다듬었다.

예상은 했지만, 눈앞에 드러난 진실은 생각보다 훨씬 차가웠다.

역시 두 사람은 죽은 거구나…….

"계속 보고 싶었어. 지금도 자주 생각나. 그렇게 갑작스럽게 작별하게 될 줄은 상상도 못 했는걸. 카나를 볼 수 없는 날이 올 거라고는……."

엉망이 된 얼굴로 우는 미카의 어깨에 슬며시 손을 얹었다.

"미안……. 정말로 미안해."

더는 연기하기 힘들었다.

"지금도 믿기지 않아. 카나가 사라지고 나서, 내 나름대로 마음 정리를 했다고 생각했어. 그런데 전혀 안 돼. 당연하지, 과거가 아니니까. 지금도 카나와 만나고 싶으니까……!"

"……응."

고개를 끄덕이는 나에게 미카는 "왜?" 하고 입을 열더니 얼굴을 돌리며 말을 이었다.

"왜 넌 카나가 되어 이 동네에 온 거야?"

"……."

"어제 만난 이후로 조사해 봤어. 유나 씨는 지금 극단 소속인 거지? 렌털 극단원이라는 걸 홈페이지에서 모집하고 있더라. 지금 그걸 하는 거야?"

"……."

"렌털 극단원이 뭐야? 넌 뭘 위해서 카나를 연기하는 거야?"

전부 알고 있었구나……. 그녀를 위로할 수만 있다면 이제는 솔직하게 이야기해도 괜찮겠다고 생각했다. 모든 걸 털어놓은 뒤, 마지막까지 연기해도 좋다는 허락만 받으면 되니까.

……하지만, 그건 틀렸다.

내가 가짜라는 걸 인정하는 순간, 이 무대는 막을 내린다.

아무리 엉망인 무대여도 난 마지막까지 내 배역을 놓아버린 적은 없었다. 이 무대의 막이 내릴 때까지는, 절대 해서는 안 되는 일이다.

방금까지 체념하던 감정을 지우고 카나로 빙의했다. 그래, 빙의는 무서운 것이 아니야. 그 배역에 몸을 맡기는 것도, 거기에 내 감정을 아주 살짝 덧입히는 것도 지금이라면 가능할 것 같다.

"렌털 극단원이라니, 그게 무슨 소리야?"

"……아직도 거짓말이야?"

내가 카나로 행동함으로써, 이 무대는 계속될 수 있다. 그게 누구의 마음에 불을 지피고 있는지는 모른다. 하지만 내가 배우라는 사실을 잊어서는 안 된다.

흐읍, 하고 숨을 들이쉬며 나는 깔깔 웃었다.

"에이, 뭐야, 미카. 새해부터 이상한 꿈이라도 꾼 거야?"

"……."

코를 훌쩍이는 옆얼굴을 일부러 가까이 들여다보았다. 지금 이 무대의 관객은 미카다. 그녀가 앞으로도 꿋꿋이 살아갈 수 있도록, 나는 완벽히 카나가 되어야만 한다.

카나가 남긴 감정을 미카에게 전달해야만…….

"만약에 그렇다고 쳐. 미카의 말이 사실이라 해도, 내가 미카 앞에 나타난 사실에 의미가 있다고 생각해."

"의미……?"

"그럼 날 귀신이라고 생각하고 이야기를 들어보는 건 어때? 안 들어주면 귀신의 저주를 받게 될걸."

히히히, 하고 웃었다. 입술을 깨문 미카의 옆얼굴을 보니 감정이 살짝 누그러진 것처럼 보였다. 몇 번이고 작게 심호흡하더니 이윽고 천천히 나를 돌아보았다.

"……내가 할 수 있을까?"

할 수 있어, 하고 힘 있게 고개를 끄덕여 보였다. 얼어붙었던 공기가 다시 흘러가는 느낌이었다.

"그보다도 겨울방학 숙제는 했어? 괜찮으면 좀 베끼게 보여줄 수 있어?"

내가 양손을 맞대며 부탁하자, 미카가 멍하니 바라보다가 한숨을 쉬듯 말했다.

"정말……."

또 눈물 한 방울이 흘러내렸다.

미카는 눈물을 쓱쓱 닦아내고는 나를 확 째려보았다.

"이럴 줄 알았어. 그래서 내가 정월 전에 미리 끝내놓으라고 했지?"

"독후감은 해놨는걸."

"또 과제 도서 말고 다른 책으로 썼지? 자기가 좋아하는 소설 내용을 억지로 집어넣었을 거 아냐. 그걸 타카쿠 선생님이 인정해 줄 것 같아?"

"그건……! 아, 뭐 어때. 쓴다는 게 중요한 거지."

"근데 귀신이 겨울방학 숙제도 해?"

"아, 그러고 보니 그러네. 지금까지 전혀 생각도 못 했어!"

카나는 늘 밝게 웃는다. 낙천적인 성격이라 집에서나 학교에서나 분위기 메이커 같은 존재다. 소꿉친구인 야마토를 몰래 좋아하고, 그걸 절친인 미카한테는 털어놓았다.

내 앞에서 눈물짓는 미카를 웃게 해주고 싶었다.

내 임무나 연기 따위는 잠시 접어두고, 이제 이곳에 없는 카나가 그걸 바라고 있다는 걸 느낄 수 있었다. 카나의 마음에 내 감정을 포개어놓자, 나는 자연스레 웃고 있었다.

분명 이게 빙의한 배역에 생명을 불어넣는 거겠지. 완벽하게 그 배역이 되는 것뿐 아니라, 관객의 마음에 가닿을 수 있도록 말에 감정을 담는……. 그래야 카나가 무대 위에서 생생하게 살아 움직일 수 있을 테니까.

그걸 알게 된 지금, 여러 수수께끼와 불안, 공포마저도 안개 걷히듯 사라졌다.

"난 말이지, 미카가 옆에 있어 줘서 좋았어."

"……어?"

미카는 어리둥절해져서 눈을 동그랗게 떴다.

"쑥스러우니까 한 번만 말할게, 우는 거 금지. 알았지?"

"아, 응."

미카의 가냘픈 손을 슬며시 잡자 깜짝 놀랄 만큼 차가웠다.

"언제나 미카가 옆에 있어서 든든했어. 그냥 어릴 때부터 친구라서가 아니라, 나를 제일 잘 알아주는 사람이니까."

"그렇……지."

떨리는 목소리를 헛기침으로 얼버무린 미카가…….

"알고 싶지 않은 부분까지 알게 되잖아."

장난스럽게 말하고 나서 내 손을 맞잡았다. 내가 이 차가운 손을 따뜻하게 데워주어야 한다.

"우리 가족에 관한 것도, 좋아하는 사람에 관한 것도, 그걸 미카가 안다고 생각하면 안심이 돼. 날 이해해 주는 사람이 있다는 게 얼마나 큰 힘이 되는지 잘 알잖아."

"왜 갑자기 그런 소리를 해."

"우리 할머니가, 좀 더 속마음을 이야기하라고 했어. 그래서 말해봤어. 역시 좀 쑥스럽구만."

에헤헤, 하고 웃자 미카도 낯간지럽다는 듯이 눈을 가늘게 떴다.

여전히 손을 맞잡은 채, 우리는 아침 해가 비추는 동네 풍경을 바라보았다.

바람이 우리 주위를 부드럽게 맴돌았다.

"나도 말이지……."

눈이 부신 듯 이마에 손차양을 얹은 미카가 말했다.

"나도 카나가 있어서 다행이었어. 우리 일상은 맨날 사건투성이잖아. 한순간 방심하면 바로 게임 오버라니까."

"아, 나도 알 것 같아."

"그래도 카나가 있어서 열심히 할 수 있었어. 카나를 응원한다고 생각했는데, 오히려 내가 응원받는 느낌이었어."

"미카, 고마워."

앞을 바라보며 말하자 맞잡은 손의 힘이 느슨해졌다.

"나……나야말로……."

카나가 사라진 뒤 미카는 얼마나 슬펐을까? 얼마나 괴로웠을까? 상상도 못 한 절친의 죽음에 분명 헤아릴 수 없는 상처를 받았겠지.

"나야말로 고마워."

다시 울먹거리는 미카가 흔들리지 않도록, 서로 놓칠 뻔한 손을 다시 잡았다. 힘 있게, 꽉.

"미카한테 부탁하고 싶은 일이 있는데."

이 무대도 이제 곧 끝난다. 마지막 장면은 카나의 바람이 그녀의 마음에 닿는 순간이다.

"부탁?"

"앞으로도 열심히 살겠다고 약속해 줘."

"……그만해."

얼굴을 피하는 미카를 가만히 바라보았다. 카나가 진심으로 바라는 건, 미카가 자기 없이도 인생을 씩씩하게 걸어 나가는 일이다.

힘내, 힘내. 마음속에서 카나의 목소리가 들려왔다.

힘내, 하고 나도 마음속으로 중얼거렸다.

"물론 길을 잃었을 때는 잠깐 멈추거나 쉬어 가도 괜찮아. 하지만 언제까지나 멈춰 있으면 안 돼. 그건 미카답지 않아."

"뭐야……. 그게 어때서."

"좋지 않으니까 하는 말이야. 만약에 이게 내 마지막 부탁이라면, 그래도 안 들어줄 거야?"

흠칫하며 나를 바라보는 미카에게 나도 미소를 지어 보였다.

"그냥 말이 그렇다는 거야. 이제 두 번 다시 카나와 만나지 못하는 상황이라면, 약속할 수 있어?"

고개를 떨군 미카의 입에서 새어 나오는 하얀 한숨.

"그건…… 강요하는 거잖아."

"그렇게 생각해도 어쩔 수 없어. 하지만 억지로 선택한 길이라고 해도, 걸어가다 보면 그게 자기 선택이었다고 생각하는 날이 올 거야. 언젠가는 나 자신이 결심한 일이 돼. 난 그렇게 믿어."

슬프겠지. 힘들겠지. 괴롭겠지.

우리는 늘 방황할 뿐이야. 상처받았다고 울고, 상처 줬다고 또 울고. 희망이라 부를 만한 것조차 없는 하루하루 속에서, 작은 행복 하나라도 붙잡으려고 발버둥 치다 보니 어느새 하늘을 올려다볼 여유조차 잃어버리지.

하지만 미카는 앞을 보며 살았으면 해. 누구보다도 내가 그걸 바라.

"카나가 하는 말은 정말 알아듣기 힘들다니까. 잘은 모르겠지만, 약속할게."

미카의 말에 나는 그만 울음을 터뜨리고 말았다.

슬픔이 아닌 기쁨에서 우러나오는 눈물은 이렇게나 따뜻한 거였구나.

"왜 네가 우는데."

얼굴을 찡그리는 미카의 뺨에도 빛나는 물방울이 흘러내렸다.

그리고 나는 염원했다.

언젠가 그녀의 눈물이 희망으로 바뀌기를.

스기사키 유나 님에게

〈가족의 풍경〉에서 당신이 연기한 소녀는 마치 그녀 본인 같았습니다.

빙의했을 뿐만 아니라 관객 한 명 한 명에게 그녀의 마음을 전달하는 데 성공했으니까요.

그리고 지금도 당신은 나츠미 카나가 되어 남겨진 사람들에 대한 마음을 전달할 수 있게 되었습니다.

지금 저는 당신에게 의뢰하길 잘했다는 생각이 듭니다.

내일은 쉬는 날입니다.

진짜 집에서 편히 쉬고 다시 돌아와 주세요.

겨울 축제는, 말하자면 마지막 무대입니다.

끝까지 잘 부탁드립니다.

의뢰인

집을 나설 때, 가족들은 모두 잠들어 있었다.

1월 3일인 오늘은 원래 쉬기로 한 날이었으므로 설령 내가 나가는 걸 봐도 아무것도 묻지 않았을 것이다. 그래도 약간의 죄책감을 안고 버스의 첫차 시각보다도 일찍 집을 나섰다.

언덕길을 내려가자 곧 버스 정류장에 도착했다.

여기서 텐류후타마타역까지 간 다음, 전철로 갈아타서 하마마쓰역으로 향한다. 거기서 또 버스로 갈아타서 우리 집 근처에서 내리려고 했다.

같은 하마마쓰시인데도 버스와 전철로 가려면 상당한 시간이 걸린다.

버스 정류장에서는 신사가 있는 산이 정면으로 보였다.

'텐류 겨울 축제'라고 붓글씨로 적힌 현수막이 언덕길 입구에 걸려 있었다. 모레 밤에는 이 언덕길이 수많은 등롱 빛에 휩싸인다고 한다.

5일이 되려면 한참 남은 줄 알았는데, 시간이란 정말 순식간에 흘러가 버리는구나.

그때 버스 정류장 너머에서 힘없이 걸어오는 사람이 보였다. 체육복 차림에 자고 일어난 듯 부스스한 머리의 남자애였다.

"야마토."

이름을 부르자 그는 "어?" 하고 얼굴만 내밀며 신기하다는 듯 돌아보더니…….

"아, 카나구나."

그렇게 말하며 종종걸음으로 다가왔다.

"좋은 아침. 이렇게 이른 시간에 어디 가?"

"동아리 활동. 새해에는 좀 쉬어도 될 텐데, 쇼 선배가 너무 의욕이 넘쳐서 말이야."

그렇게 말하더니 바로 "비밀이다!" 하고 덧붙인다. 내가 뭐 고자질쟁이인 줄 아나.

"잠을 많이 못 잤나 보네. 머리라도 좀 빗고 오지."

"친척들이 놀러 와서 늦게까지 어울리느라. 우리 집이 큰집이라 참 피곤하다니까."

"맞아, 맞아. 평소엔 전화 한 통 없으면서, 정월하고 추석에만 찾아오잖아."

야마토는 공감의 표시로 쓴웃음을 짓더니 물었다.

"카나는 번화가에 가는 거야?"

나는 당연하다는 듯 고개를 끄덕였다.

"후쿠부쿠로(일종의 랜덤 박스로 정월 선물로 판매-옮긴이 주) 좀 사러. 인기가 많아서 사려면 줄 서야 하거든. 미카한테도 같이 가자고 했는데, 걔는 아침에 일찍 못 일어나니까 혼자 쓸쓸하게 가려던 참이야."

"후쿠부쿠로면……. 그거 꽝도 있지 않아?"

"그것도 후쿠부쿠로의 재미지. 이온(AEON, 일본의 쇼핑몰-옮긴이 주)에서는 스포츠용품이 든 후쿠부쿠로도 파는 것 같던데, 너도 한번 가보는 게 어때?"

아빠가 열심히 들여다보던 전단지를 떠올리며 말하자 야마토는 "흐음." 하고 입을 비죽 내밀었다.

"이온까지 가려면 차를 타야 하잖아. 아, 도시에 살고 싶다!"

"그럴 마음도 없으면서. 넌 우리 동네 무지 좋아하잖아."

"하하, 그렇긴 해."

말하면서 환히 웃는 야마토. 이렇게 밝아 보이지만 그 역시 카나를 잃었다. 소꿉친구인 카나가 죽은 뒤, 야마토는 어떤 마음으로 그 시간을 견뎌왔을까.

그에게 고백하고 싶었던 카나도 못다 한 말이 많이 남았을 텐데.

슬픔을 마주했을 때, 감정을 있는 그대로 드러내는 사람이 대부분이다. 하지만 아무 일도 없었다는 듯 마음속 깊이 숨기는 사람은, 얼마나 강하면서도 슬플까.

야마토의 슬픔에 전염되는 듯한…….

"우리 동네는 참 좋은 곳이잖아."

혼잣말처럼 중얼거렸다.

"뭐, 시골이긴 해도."

야마토는 바람의 흐름을 살피듯 눈을 가늘게 떴다.

버스가 맞은편에서 오는 게 보였다.

"야마토가 앞으로도 우리 동네를 지켜나갈 거잖아. 미래의 자치회 회장님이니까, 열심히 해야지."

야마토, 힘내.

"뭐야, 그게. 카나도 사실은 다른 애들처럼 도쿄에 로망이 있다는 소린 아니겠지?"

"아냐, 아냐. 난 계속 여기 있을 거야."

훗, 하고 웃어버린 야마토가 손목시계를 들여다보며 얼굴을 찡그렸다.

"아, 이런. 가봐야겠다. 또 보자."

미련 없이 걸어가는 뒷모습에 대고 외쳤다.

"동아리 열심히 해!"

힘내. 힘내.

나는 정류장으로 다가온 버스에 올라탔다.

바로 출발하는 버스. 야마토는 이제 이쪽은 돌아보지 않고 힘없이 걸어갔다. 그의 시선은 여전히 바람의 향방을 좇듯, 어딘가 먼 곳을 향하고 있었다.

슬픔이 아직도 그를 뒤덮고 있는 듯했다.

텐류후타마타역에 도착하자 이제 막 얼굴을 내민 태양 때문에 눈이 부셨다.

전철 시간까지는 아직 여유가 있어서 역 앞 벤치에 앉아 편지를 한 번 더 읽기로 했다.

어제 책상 위에 놓여 있던 이 편지도 할머니가 놔둔 거겠지.

편지에서 언급된 〈가족의 풍경〉은 나에게 무척 소중한 무대였다.

마지막까지 잘 연기했다는 자부심과 빙의될 때의 두려움 둘 다 마음에 남아 있다. 하지만 배역에 생명을 불어넣는 감을 잡은 지금, 열쇠로 잠가두었던 기억의 문이 열렸다. 그건 막이 내린 직후였다. 나는 그때 분명 땅울림 같은 소리를 들었다.

다시 막이 오를 때, 나는 수많은 사람이 박수를 보내는 모습을 보았다. 극단원들이 내 등을 슬며시 밀어서 무대 중앙에 서게 했다. 눈부신 빛이 나를 감쌌다.

폭우가 내리듯 멈추지 않는 박수 소리. 내 이름을 부르는 목소리.

그날 느낀 감정이 연기하는 보람이라고 한다면, 어제 미카와의 장면도 그와 비슷한 무언가가 있었던 것 같다.

이런 상황에서 우리 집으로 돌아가 버려도 괜찮은 걸까…….

아직도 해야 할 일이 남았다. 내가 꼭 해야만 하는 일이.

만나본 적도 없는 카나가 내 안에 자리 잡기 시작했는데, 정말 이래도 괜찮은 거야?

"안 괜찮겠지……."

그대로 버려진 듯한 낡은 공중전화 박스에 들어가 100엔 동전 하나를 넣고 번호를 눌렀다.

잠시 신호음이 울렸다.

"여보세요. 스기사키입니다."

유나의 엄마 목소리였다. 아니, 진짜 엄마의 목소리다.

본격적으로 카나와 동기화되면서 머릿속이 혼란스러워진 것 같다.

"엄마, 나야."

"그래, 유나야. 새해 복 많이 받아."

오랜만에 듣는 목소리에 가슴이 조금 뜨거워졌다.

"오늘까지 시간이 얼마나 안 가던지. 엄마는 유나 보고 싶어서 죽는 줄 알았어. 그래, 몇 시쯤 오니? 하마마쓰역까지 엄마가 데리러 갈게."

말을 마구 쏟아내는 엄마의 버릇에 자연스레 미소가 나왔다. 하지만 집에 가고 싶은 마음만큼, 꼭 여기에 남아 있어야만 한다는 생각이 든다.

"저기, 엄마."

내가 무언가 말하려 하자, 엄마가 "잠깐만." 하고 가로막았다.

"또 뭐 안 좋은 이야기 하려는 거야?"

역시 한 핏줄. 내가 평소에 불길한 예감을 자주 느끼는 건, 엄마를 닮아서인가 보다.

"저기."

그렇게 말하며 눈을 질끈 감았다.

"난 이대로 마지막까지 여기에 있어야 할 것 같아."

"뭐? 무슨 소리야. 일부러 정월 요리도 만들고 있는데."

정월 요리는 싫다고 말하려다가 그만두었다. 그건 카나의 취향이다.

"이제야 렌털 극단원 역할을 제대로 하는 것 같아. 나를 왜 선택한 건지도 알 것 같달까……."

"그래도 오늘은 쉬는 날이잖니."

엄마의 목소리에서 불쾌감이 묻어났다. 충분히 그럴 수 있다고 생각하며 수화기를 꽉 쥐었다. 하지만 직접 말하고 나니 여기에 있어야 한다는 마음이 더 강해졌다.

"연기가 무엇인지에 대한 답을 제대로 찾아가고 있다는 기분이 들어. 이런 건 아마 살면서 처음일 거야. 6일에는 꼭 돌아갈 테니까 제발 이해해 줘요."

"……그러니. 그래도 아빠하고 단둘이 있으려면 얼마나 힘든지 아니? 새해 첫날부터 싸우기만 하고……."

그 광경을 쉽게 상상할 수 있다는 게 슬펐다. 어떡하지, 하고 갈등하면서도 "저기." 하고 입을 열었다. 마음을 말로 옮기는 데 더 이상 브레이크를 걸지 않기로 했다.

내가 말을 하든 하지 않든 똑같이 상처를 준다면, 내 선택은…….

"만약에 가족 중에 누군가가 죽으면, 엄마는 어떨 것 같아?"

"어? 갑자기 왜 그런 말을—."

"난 슬플 것 같아. 엄마가 돌아가셔도, 아빠가 돌아가셔도 슬플 거야. 누가 언제 죽을지는 아무도 모르는 거잖아. 그러니까 후회하고 싶지 않아. 나한테는 똑같이 소중한 가족인걸."

잘못 끼운 첫 단추가 언젠가는 엄청난 결과를 불러일으킨다. 아직 어린 내가 할 수 있는 일 같은 건 없을지도 모른다. 그래도 말하지 않을 수 없었다.

“지금 네가 신세 지는 가족한테 그런 일이 생긴 거니?”

“자세히는 말할 수 없지만, 다들 슬픈데도 웃고 있어. 슬픔을 들키지 않으려고 애쓰는 것 같아. 맨날 싸우기만 해도, 그래도 우리 집이 행복하다는 걸 깨달았어.”

“…….”

“오늘 전화로 꼭 하고 싶었던 말은, 엄마 아빠 모두 나한테는 정말로 소중하다는 거야.”

수화기 너머로 엄마의 숨소리만 잠시 이어졌다.

“그래도.”

아까보다 작아진 엄마의 목소리.

“이혼하게 될지도 몰라.”

“알고 있어. 두 사람이 정말 그럴 수밖에 없다고 생각했다면 어쩔 수 없지. 그래도 한 번만 더 제대로 이야기를 나눠봐. 엄마의 장점은 뭐든 거침없이 말하는 거잖아? 그래도 이번만은 내 부탁을 들어줘.”

“부탁?”

“엄마 아빠가 정말 어떻게 하고 싶은지, 솔직한 마음을 서로 화내지 않고 이야기했으면 좋겠어.”

또 한 번의 침묵. 그래도 꼭 말하고 싶었다.

그건 엄마와 아빠를 위해서이기도 하고, 이제부터 내가 한 번 더 카나가 되기 위해서이기도 했으니까.

"뭐…… 생각해 볼게."

아까보다 부드러워진 목소리에 안도의 한숨이 새어 나왔다.

"고마워."

"그런데 유나 너 무슨 일 있니? 갑자기 딴사람이 된 것 같아. 괜히 더 걱정되네."

그렇게 보이겠지. 내 진짜 가족의 관계에서 나 역시 반성해야 할 점이 잔뜩 있다는 걸 깨달았으니까.

아무 말도 하지 않고 그저 지켜보기만 하는 나를 바꾸고 싶었다. 어쩌면 카나가 내게 그걸 알려주려 했던 걸지도 모르겠다.

"난 괜찮으니까 걱정하지 마."

"알았어. 그럼 오늘은 안 돌아오는 거지?"

"응."

"엄마도 한번 잘 생각해 볼게. 그러면 되는 거지?"

"응."

고개를 끄덕이자 또 한 가지가 떠올랐다. 이 말도 지금 해두는 게 좋을 것 같다.

"방송계로는 돌아가지 않을 거야."

"……잠깐만."

엄마의 목소리가 바로 바뀌었지만, 나는 말을 멈추지 않았다.

"어쩌면 그냥 도망치는 건지도 모른다고 생각했어. 하지만 아니었어. 내가 정말로 하고 싶은 일은, 계속 연극 무대에 서는 거라는 걸 깨달았으니까. 아니, 사실은 훨씬 전부터 알고 있었어.

말하지 못했던 것뿐이야."

"그래도 TV에 나와야 유명해질 수 있잖니. 그게 극단을 위해서도 더 도움이 될 거야."

엄마는 TV에 나오는 게 전부라고 생각한다. 하지만 난 아니었다.

"엄마한테는 고맙게 생각해. 어릴 때부터 곁에서 날 쭉 도와줬으니까. 하지만 난 계속 연극을 하고 싶었어. 엄마가 아무리 화를 내도, 지금은 내 생각을 바꿀 수 없어."

잔뜩 화를 낼 줄 알았는데, 전화기 너머의 엄마는 말문이 막힌 듯 침묵했다. 조용한 숨소리 뒤에 지독하게 힘없는 목소리가 이어졌다.

"유나야, 무슨 일 있는 거야? 왜 갑자기 그렇게 변한 거니?"

"난 변하지 않았어. 그냥 말을 못 했던 것뿐이야. 항상 주변 눈치만 보느라, 내가 정말로 하고 싶은 말을 못 꺼내는 아이가 되어 있었어. 그래서 어딜 가든 숨이 막혔던 거야."

"……하지만 엄마는 유나의—."

무슨 말을 하려는 건지 다 안다. 그야 한 핏줄인걸.

"엄마한테 이제야 내 진심을 말할 수 있게 돼서 후련해. 들어줘서 고마워."

"……엄마는 아직 대답 안 했어."

맥이 빠진 건지 힘없는 목소리를 들으며 나는 슬며시 눈을 감았다.

"이제 슬슬 끊어야겠다. 어쨌든 마지막 날까지 열심히 해볼게. 이혼 이야기는 아빠랑 한번 다시 이야기 나눠 봐요."

"잠깐만."

"TV 오디션은 이제부터 보지 않을 거야."

"어, 얘! 그러면 이야기가—."

"그럼 잘 있어!"

수화기를 내려놓자 오랜 괴로움이 하늘로 훨훨 날아간 듯한 기분이었다.

괜찮아. 이제부터 카나로서 남은 시간을 보내자. 일단 이온에 가서 후쿠부쿠로는 꼭 사 와야겠네…….

전화 부스 문을 열고 나오자, 벤치에 앉은 여자가 눈에 들어왔다.

공허한 눈빛으로 몸을 웅크린 채 앉은 사람은…….

"언니?"

언니인 사야카였다.

언니는 눈에 보일 만큼 몸을 움찔거리더니 천천히 나를 돌아보았다.

"어, 카나…… 여기는 무슨 일이야?"

"아아, 잠깐 볼일이 있어서."

"그랬구나. 아, 나도 잠깐……."

옆자리에 앉는 데는 용기가 필요했다. 그건 언니의 상태가 눈에 띄게 이상해 보였기 때문이다.

지금까지의 통명스러운 태도가 아닌, 뭔가 체념한 듯 몸에서 힘이 빠져나간 느낌이었다.

“날씨 너무 좋다.”

잡담을 꺼내는 나에게 언니는 “그러네.” 하고 하늘을 올려다보았다. 옆얼굴이 따뜻해 보여서 마치 다른 사람 같았다. 언니도 그걸 알아차렸는지, 이내 표정이 딱딱하게 굳었다.

“카나…… 이제부터 어디 갈 데 있어?”

“어디에도 안 가.”

“그러니…….”

“언니는?”

언니는 발밑에 내려둔 가방을 잠시 바라보았다.

“잠깐 친구 만나러.”

부러 무뚝뚝한 말투로 돌아오려고 노력하고 있었다. 그래, 그랬던 거구나.

“언니도 아무 데도 가지 마. 우리 집으로 돌아가자.”

흠칫하는 언니를 보며 확신했다. 언니도 나처럼 고용된 사람이었다는 걸.

“원래는 나도 멀리 나가려고 했는데, 그냥 집에 돌아가기로 했어. 언니도 꼭 마지막까지 잘 마무리했으면 좋겠어.”

마치 서로의 시험 답안을 맞춰보는 것처럼, 언니는 “아아, 정말…….” 하고 어깨를 축 늘어뜨렸다. 집에서는 한 번도 본 적 없는 새침한 표정이었다.

"잘하고 있다고 생각했는데."

"엄청 자연스러웠어. 난 조금도 의심 못 했는걸.'

언니는 내 말에 기쁘게 웃었다. 처음 보는 그녀의 미소는 사람을 잘 따르는 강아지처럼 친근했다. 찡그린 얼굴만 보다가 깜짝 놀랐다.

"카나도 잘하던데. 하지만 중간에 알아챘어."

"……그랬겠네."

"어제쯤부터는 너무 자연스러워져서 반신반의했는데, 여기에 있는 걸 보면 오늘 휴가를 받은 거지?"

후훗, 하고 웃는 공범 앞에서 주변을 둘러보았다. 아무도 우리를 주시하고 있지 않다.

"그래도 말이야!"

말투가 편해진 언니가 투덜댔다.

"뭐가 뭔지 모르겠어. 내가 사야카라는 걸 아무도 의심하지 않잖아. 신사에 갔더니 아무렇지 않게 말을 걸어오더라니까. 이건 좀 호러스럽지 않아?"

"쉿."

자제시키는 나를 보며 큭큭 웃는 언니.

"난 또 누가 있는 줄 알고. 우리끼린데 뭐 어때."

"그래도 안 돼. 우리는 카나하고 사야카니까."

"성실하네. 조금 반성하게 된다."

다른 사람이 된 것처럼 웃는 언니를 보며 문득 이상한 생각이 스쳤다. 등줄기를 타고 섬뜩한 기운이 스며 오르더니 무심결에 숨이 멎었다.

사야카도 렌털 극단원이었다면, 남매 세 명이 전부 고용된 사람인 셈이다. 그렇다는 건 결국—.

"저, 저기……."

얼굴을 가까이 가져가며 숨을 가다듬었다.

"진짜 사야카 씨는 설마— 죽은 거야?"

"아아, 그거?"

언니가 어깨를 으쓱거리며 말했다.

"괜찮아. 자세한 건 모르지만, 진짜 사야카는 도쿄에 있다고 했으니까."

"도쿄에?"

"자료에는 가출 중이라고 적혀 있던데. 꽤 오래전 일인가 봐."

"그렇지만 살아 있다면 어째서 굳이 렌털 극단원을 고용한 거지?"

"쉿."

언니는 아까 내가 했던 것처럼 입술 앞에 검지를 세웠다.

"우리는 사야카하고 카나라면서. 안 그래?"

"그러네."

이렇게 마주 웃는 우리를 누군가가 본다면, 진짜 자매인 줄 알겠지.

"이제 진짜 집에 가려던 길이었지?"

역 승강장 쪽을 바라보며 언니가 묻자 나는 고개를 가로저었다.

"그러려고 했는데, 그냥 나츠미 저택으로 돌아가려고."

"역시 자매네. 실은 나도 그러기로 한 참이거든."

몸을 일으킨 언니가 버스 정류장을 향해 걸어가자 나도 뒤따랐다.

"난 네가 누군지 알아. 아니, 사실은 방금 확신한 거지만."

"뭐?"

언니는 당황하는 내 귓가에 입을 갖다 대며 말했다.

"극단 하마마쓰."

"……응."

"역시 그랬구나. 그래도 대단하네. TV에 나올 때도 대단했지만, 난 연극 무대에 설 때의 유나가 더 좋아. 열정이 넘쳐서 나도 그렇게 되고 싶다는 생각이 들었거든."

"어, 정말로요?"

나도 모르게 존댓말이 나와버렸다.

"난 나고야의 극단에 소속되어 있는데, 거기서도 극단 하마마쓰는 유명해."

"그랬구나……."

"마지막까지 열심히 하자."

나를 똑바로 바라보는 언니를 향해 나도 결심을 담아 고개를 끄덕였다.

집에 돌아오자, 엄마가 눈을 동그랗게 뜨며 물었다.

"어머, 별일이네. 둘이 같이 들어오고."

"헤헷."

나는 웃었고, 언니는 짧게 말했다.

"그냥 저 앞에서 만났어."

무뚝뚝하게 소파로 가더니, 거기 드러누운 아빠한테 "앉게 좀 비켜." 하고 말했다. 벌떡 몸을 일으키는 아빠를 보니 웃음이 나왔다.

정원에서 돌아온 할머니는 나를 보고 깜짝 놀란 표정이었다.

"카나야, 친구 만나러 간다 허지 않았어?"

"그러려고 했는데, 다들 바쁘대. 후쿠부쿠로도 매진이래서 그냥 집에 왔어."

"그랬어?"

기뻐 보이는 할머니는 정원에서 따온 파슬리를 엄마에게 건넸다.

"다녀왔습니다."

목소리가 들리는 쪽을 돌아보자, 타쿠야가 지친 얼굴로 막 거실에 들어온 참이었다.

"오빠, 동아리는?"

"아, 인원이 부족해서 파토 났어. 자식들이, 빠져가지고."

심기 불편한 얼굴로 물통을 싱크대에 내려놓는다.

"와, 이게 무슨 일이지?"

갑자기 아빠가 목소리를 높였다.

"이 시간에 온 가족이 집에 있다니."

"정말 그러네. 그럼 점심은 초밥이라도 시켜 먹을까?"

엄마의 목소리에 타쿠야가 "찬성!" 하고 외쳤기에 다들 크게 웃었다.

다 함께 배달시킬 초밥집 메뉴를 살펴볼 때 나는 생각했다. 카나와 쇼가 죽은 이후로 이 가족은 슬픔 속에서 하루하루를 보냈겠지. 아빠와 엄마는 얼마나 괴로웠을까. 할머니는 지금까지 어떤 마음으로 버텨왔을까. 도쿄에 있다는 진짜 사야카는 두 사람의 죽음을 계기로 가출한 걸까…….

가슴속에 수많은 의문을 품은 채 다시 한 번 결심했다.

마지막까지 꼭 완수하리라.

그것이 분명, 이곳에 있는 모두를 위한 일일 테니까.

제6막

너를 위해 눈이 내린다

노크 소리만 듣고도 누군지 바로 알았다.

"들어와."

방학 숙제인 수학 문제집을 덮자, 카나의 이름이 둥글둥글한 글씨로 적혀 있었다. 아마 카나는 작년 겨울방학에 세상을 떠난 거겠지. 그래서 중간까지 숙제를 해둔 흔적이 남아 있는 거고.

할머니는 이미 떠난 가족을 다시 만나는 기쁨을 느끼고 싶어 렌털 극단원을 부른 거야. 이제 나는 이런 상황을 한 발 떨어져서 냉정하게 분석할 수 있게 된 것 같다.

이제 더 이상의 조사는 자제하면서 마지막까지 이곳에서 카나를 연기하기로 마음먹었다.

"안녕."

방에 들어온 사람은 역시 타쿠야였다.

"이제 곧 나간대."

"응. 준비됐어."

빨간 백팩을 가리키자 타쿠야는 얼굴을 찡그렸다.

"많이도 쌌네. 난 지갑 하나만 가져가는데."

"그야 손난로나 음료수 같은 것도 필요할 것 같아서. 그리고 혹시 모르니까 반창고나 소독약도 챙겼고."

"준비가 철저한 건 여전하시구만."

못 말리겠다면서도, 어딘가 따뜻한 목소리였다.

"어떤 축제려나."

타쿠야의 말에 나도 모르게 발끈하고 말았다.

"뭐래. 해마다 갔으면서."

"등롱에 촛불을 켠다고 하던데, 산불이라도 날까 봐 걱정이야. 같은 하마마쓰시 안에서도 우리가 모르는 곳이 많구나."

창밖을 내다보는 타쿠야에게 물었다.

"왜 그래?"

온 가족이 해마다 간다는 설정을 무시하고 있었다. 그렇게나 배역에 몰입해야 한다고 조언해 놓고, 타쿠야답지 않다.

"됐으니까, 나가자."

자리에서 일어나는 내게 타쿠야가 "저기." 하고 짧게 말했다.

"우리, 이대로 괜찮은 걸까?"

"잠깐……."

"여기서 연기하는 게 정말로 이 가족을 위한 일인지 걱정이 돼서 그래."

불안하게 흔들리는 눈동자를 바라보다 문득 떠올랐다.

타쿠야는 평소에도 마지막으로 무대에 등장하기 전에는 꼭 마음 약한 소리를 했었지……. 그전까지 얼마나 멋진 연기로 관객을 매료했든 상관없이 마지막 장면에 다다르면 갑자기 자신감을 잃곤 했다.

타쿠야도 불안한 거구나.

"그렇겠네. 각본 없는 무대는 처음이니까."

작게 중얼거리자, 그는 코로 한숨을 내쉬었다.

"완벽하게 쇼라는 사람이 되려고 했는데, 실제로 존재했던 누군가를 연기한다는 건 너무 어려운 것 같아."

쇼를 '실제로 존재했던'이라고 표현하는 걸 보면, 타쿠야도 그가 이미 죽었다는 걸 눈치챘나 보다.

"날마다 오후에 동아리 활동 하고 온 거 아니었어?"

"아니. 실은 역 앞에서 시간 때우다 왔어. 겨울방학 숙제가 있어서 그나마 다행이었는데, 카페에 너무 오래 있느라 돈만 까먹었지."

씁쓸한 표정의 타쿠야를 보며 웃고 말았다.

시계를 보니 이미 6시 반. 이제 슬슬 나가야 한다.

"저기, 타쿠야."

"응?"

"우리는 지금 우리가 할 수 있는 일을 모두 해내고 있는 거야. 실제 그 두 사람에 비하면 부족할지 몰라도, 이 가족을 위해 최선을 다하고 있다고 믿어."

"그래."

대답은 그렇게 했지만, 진심으로 하는 말은 아닌 느낌이다. 타쿠야의 떨떠름한 표정은 그대로였으니까.

"카나 양에 대한 건 나도 잘 모르겠어. 그래도 이 가족에 관해서는 짧았지만 조금 알 것 같아. 남겨진 사람들이 웃을 수 있도록 마지막까지 노력할 거야. 내가 할 수 있는 일은 그것뿐이고, 꼭 그렇게 만들고 싶으니까."

카나가 가족들에게 해주고 싶었을 일을 열심히 하자. 그렇게 결심한 뒤로 마음은 흔들리지 않았다.

의아한 듯 눈썹을 찡그린 타쿠야가 중얼거리듯 말했다.

"뭔가 예전하고 달라진 것 같은데."

나는 힘 있게 고개를 끄덕여 보였다.

"다 타쿠야 덕분이야. 우리가 극단 하마마쓰의 저력을 보여주자."

타쿠야는 촉촉해진 눈동자로 조용히 나를 바라보다가 이윽고 "그래." 하고 중얼거리며 살짝 미소 지었다.

"미안. 내가 너무 한심하게 굴었던 것 같네."

"늘 그랬잖아. 처음엔 내가 완전 엉망이고, 마지막엔 타쿠야가 엉망이었지. 그래도 둘이서 잘 극복해 왔잖아. 게다가 이 무대에는 우리 극단의 운명이 달려 있어!"

오른손을 주먹 쥐며 힘주어 말했다.

"목소리가 너무 커."

타쿠야가 쓴웃음을 지으며 내 머리에 손을 얹었다.

"알았어. 열심히 해볼게."

이건 좀 반칙인걸. 모처럼 같은 극단원으로 대했는데, 이렇게 행동하면 괜스레 기대하게 되잖아.

그래도 오늘의 나는 예전과 다르다.

"나도 지지 않을 거야. 지켜봐 줘. 연기가 아니라, 진짜 카나가 될 테니까."

지금은 그저 카나에 관해, 그리고 가족들에 대해서만 생각하자. 마지막 장면을 타쿠야와 끝까지 연기하는 게 무엇보다 중요하다고 생각했다.

문손잡이에 손을 올리자 타쿠야가 조용히 고개를 끄덕였다.

지금, 우리의 마지막 막이 올랐다.

신사로 이어지는 길은 마치 불타오르는 것처럼 보였다.

이미 점등된 등롱 불빛이 밤하늘 아래서 오렌지색으로 일렁였다. 이 동네에 이렇게 많은 사람이 살았나 싶을 만큼, 언덕길은 크게 붐볐다.

여기저기서 인사를 나누는 사람들의 다정한 목소리가 넘실거렸고, 어둠에 물들어가는 풍경 속에서 하얀 숨결을 만들어냈다.

"굉장하다."

내가 무심결에 중얼거리자, 옆에서 걷던 언니가 슬쩍 나를 바라보았지만 아무 대답도 하지 않았다.

장식된 등롱을 살펴보니 페트병만 한 통 안에서 촛불이 조용히 일렁거렸다. 등에 자원봉사 스태프라고 적힌 하얀 점퍼를 입은 사람이, 바람 탓인지 꺼져버린 등롱에 다시 불을 붙이며 돌아다니는 모습이 보였다.

할머니와 아빠, 엄마는 셔틀 차량을 타고 신사까지 간다고 했는데, 승하차 대기 장소 앞에 늘어선 행렬이 길었다.

"우리가 먼저 도착할지도 모르겠네."

언니는 "그럴지도."라고 관심 없다는 듯 대꾸하며 빠르게 걸어 올라갔다.

나는 뒤에서 걷던 타쿠야와 어깨를 나란히 했다.

"너무 추운데."

타쿠야는 양팔로 몸을 감싸며 투덜거렸다.

"그러게, 누가 그렇게 얇게 입고 오래?"

어깨를 움츠리는 타쿠야는 체육복 위에 얇은 점퍼 하나만 걸쳤을 뿐이다. 남자란 얇게 입기를 좋아하는 생물인 걸까.

"뭐, 위에 가면 돌아다닐 수 있으니까 좀 낫겠지."

"이렇게 많은 사람이 다 위에 올라가면 발 디딜 틈도 없지 않을까?"

"평소엔 여기 있는 사람 중에 절반 정도만 올라가잖아. 역시 밑에서 보는 풍경이 더 예쁘기도 하고. 폭포 같은 것도 밑에서 전체를 올려다볼 수 있는 곳이 더 인기니까. 그거랑 똑같겠지."

타쿠야가 위를 올려다보자 나도 얼굴을 들었다. 아까보다 늘어난 등롱이 하늘로 올라가는 길을 인도하는 듯했다. 밤의 어둠 속에서 희미한 오렌지색 불빛이 몽환적으로 빛났다.

“카나, 여기 있었네.”

갑자기 누군가가 팔을 휘감는 느낌에 깜짝 놀랐다.

“아, 미노리.”

모자에 목도리, 다운코트로 무장한 미노리가 “헤헷.” 하고 웃었다.

“미카도 왔는데. 어라, 어디 갔지? 아, 저깄다!”

주위를 두리번거리는 미노리의 한참 뒤에서 미카가 숨을 헐떡이며 언덕을 올라오는 게 보였다. 멀리서도 뽀얀 피부가 눈에 띄었다.

“아니, 미노리, 너무 빨라…….”

간신히 따라잡은 미카에게 미노리가 천연덕스럽게 대꾸했다.

“계단이 더 힘들다고 한 건 미카였잖아.”

“계단은 당연히 못 올라가고. 그런데 언덕길도 너무 힘들어. 모처럼 목욕하고 나왔는데 땀 나는 거 봐.”

“그보다도 빨리 가자. 야마토하고 합류해야지. 그 자식, 혼자서만 의리 없게 계단으로 쉭 올라가 버렸잖아.”

분개하는 미노리를 보며 나도 고개를 끄덕였다.

“그래, 야마토는 성격이 급하니까.”

“맞아. 아까도 약속 시간 20분 전에 우리 집에 왔다니까. 서두

르지 않아도 불꽃놀이 시작할 때까지 한참이나 남았는데, 빨리 빨리 가자고 어찌나 난리던지."

불꽃놀이가 있다는 새로운 정보가 들어와도 상관없었다. 머리로 생각하는 걸 멈춘 뒤로는 자연스럽게 카나가 될 수 있었으니까. 맞다, 지금까지는 완전히 카나가 되는 데만 신경 쓰느라 생각이 너무 많았다. 자료에 적힌 내용을 머리가 아니라 몸으로 표현해야 한다는 기본적인 요령조차 까맣게 잊을 정도로.

상당히 지친 듯, 미카는 난간에 몸을 기댄 채 고개를 가로저었다.

"다들 먼저 올라가. 난 천천히 따라갈게."

"괜찮아. 그럼 나하고 같이 가자."

가냘픈 팔을 붙잡자, 미카는 기쁘게 웃어주었다.

"너희끼리만 그러기야? 나도 끼워줘!"

결국 미노리도 함께 가기로 했다. 언니와 타쿠야는 먼저 올라간 듯했다.

아까보다 등롱의 불빛이 더 밝게 느껴졌다. 등롱의 수가 늘어난 데다, 주변이 점점 어두워진 탓일 것이다.

"괜찮아? 힘들면 좀 쉬었다 가자."

"그럼 손 좀 잡아줘. 당겨주면 더 좋고."

미카의 말을 듣고 손을 내밀었다. 물론 잡아당기진 않았지만.

"그러고 보니 생각났는데."

앞에서 걷던 미노리가 뒤를 돌아보았다.

"나 고등학교 졸업하면 도쿄에 갈 거야."

"어?"

놀라는 나보다 큰 목소리로 미카가 말했다.

"전부터 말했잖아. 장래에 파티시에가 되고 싶다고. 그래서 도쿄에 있는 전문학교에 가려고 생각 중이야. 내년에는 학교 견학도 가보려고."

"하지만 그런 건 굳이 도쿄에 가지 않아도, 하마마쓰에서도 배울 수 있잖아?"

미카는 야마토가 전에 했던 것과 똑같은 질문을 했다.

"그런데 그 전문학교는 실습이 80퍼센트나 된대. 더 실전에 가까운 공부를 할 수 있어. 게다가 도쿄에서 배우면 최신 유행을 따라갈 수 있잖아?"

미노리의 결심은 분명 확고하다. 미카도 그걸 아는지, 맞잡은 손에 힘이 들어갔다.

"그래도 말이지."

미노리가 갑자기 가벼운 말투로 팔짱을 꼈다.

"부모님은 반대하셔. '대학 가려면 아직 멀었잖여.'라고."

"뭐야, 깜짝 놀랐네. 나도 아줌마가 허락할 리가 없다고 생각했어."

미카가 한쪽 가슴에 손을 대며 안도의 숨을 내쉬었다.

"그래도 난 이미 마음 정했어. 내년에는 학교 견학도 갈 거고. 물론 부모님한텐 비밀이지만."

이미 미노리는 진로를 위해 움직이고 있구나.

그제야 알았다. 겨울방학 숙제를 중간까지 해놓은 걸 보면, 카나와 쇼가 세상을 떠난 건 바로 작년 이맘때쯤일 것이다. 미노리를 비롯해, 카나와 같은 반이던 친구들은 지금 모두 고등학교 2학년일 테고.

이 친구들에게는 진로 문제가 코앞까지 다가온 거다.

자료 속 사진의 인물들이 다들 어려 보였던 것도 그 때문임을 이제야 이해했다. 그들은 이미 카나보다 한발 앞서 인생을 걸어가고 있었다.

그런 두 사람에게 내가 할 수 있는 말은…….

"난 미노리를 응원해."

내가 그렇게 말하자 그녀는 기쁘게 미소 지었다.

"어엇?"

반면 미카는 아직 반대하는 것 같다.

"우리 동네는 좋은 곳이지만, 꿈을 이루기엔 너무 작아."

미노리는 난간에 몸을 살짝 기대며 풍경을 바라보았다.

"그래도 꼭 꿈을 이루고 싶어. 그러니까 미카도 응원해 줬으면 좋겠어."

"……응. 쓸쓸해지겠지만."

미카는 그렇게 말하고 나서 나를 바라보았다. '넌 아무 데도 가지 말아줘.' 꼭 그렇게 말하는 것만 같았다.

'아무 데도 안 갈게.'라고 대답하듯 고개를 끄덕였다.

"미카는 어떻게 하게? 대학에 갈 거야?"

"그러려고. 하지만 구체적으로 정한 건 없어."

"아직 고1, 하지만 벌써 고1."

명언 같은 말을 중얼거린 미노리는 다시 언덕길을 올라가기 시작했다.

카나는 어땠을까. 카나는 어떤 미래를 꿈꿨던 걸까.

"아, 저기 보인다."

미노리가 가리킨 곳에서 본당 불빛이 빛나고 있었다.

거의 다 왔어, 거의 다 왔어, 하며 미카를 격려하면서 걸어 올라가 간신히 기둥 문에 도착했다.

그곳은 마치 딴 세상 같았다.

조명뿐 아니라 노점도 잔뜩 들어서 있어서 마치 뒤늦게 열리는 여름 축제 같다. 바람을 타고 흘러온 달콤한 냄새가 코를 간지럽혔다.

신사를 빙 둘러싼 등롱들 때문에 마치 천국에 온 기분이었다.

"왜 이렇게 늦었어?"

까만 코트를 입은 야마토가 우리를 보며 다가왔다. 나를 보더니 "왔어?" 하고 가볍게 인사했다.

"'왔어?'는 무슨."

미노리가 허리에 양손을 얹었다.

"너 혼자 그렇게 빨리 올라가야 속이 시원하냐? 우리는 여자니까 조금은 배려해 줘야지."

"우와, 미노리가 여자였구나."

"닥쳐! 나뿐만 아니라, 카나랑 미카도 여자잖아."

"그건 당연히 인정하지. 근데 넌 인정 못 해."

두 사람의 대화가 너무 웃겨서 나도 모르게 깔깔 웃고 말았다.

친구란 참 좋구나…….

진짜 나와는 달리 카나는 행복한 아이다. 행복한 아이였다.

나를 이해해 주는 누군가가 있다는 사실이 무엇보다 큰 힘이 되어주니까.

나도 학교에서 아이들에게 먼저 말을 걸 수 있게 될까? 스키 여행도 그런 식으로 거절해 버렸지만, 내 사정을 좀 더 자세히 설명하는 게 좋았을지도 모르겠다.

"카나, 내 말 듣고 있어?"

야마토가 눈앞에서 손을 흔들었기에 퍼뜩 정신을 차렸다.

"아, 미안. 조금 피곤한가 봐."

"그게 다 운동 부족 때문이야. 카나랑 미카는 운동을 좀 해야 한다니까."

아킬레스건을 풀고 있는 미노리에게 반박할 말이 없어서 나는 미카와 얼굴을 마주 보았다.

그리고 장난스러운 미소를 주고받았다.

"그런데 올해는 사람이 적네."

내 눈엔 꽤 많은데, 야마토는 그렇게 말했다. 미노리도 주변을 둘러보며 고개를 끄덕였다.

"불꽃놀이 할 시간이 되면 더 늘어나지 않을까?"

"그렇겠지."

야마토가 말하고 나서 손뼉을 딱 쳤다.

"깜빡했네. 카나네 가족, 다들 모여 계시던데."

"아, 내 정신 좀 봐. 잠깐 갔다 올게."

걸어가려는 내 손을 미카가 꾹 잡아당겼다.

"불꽃놀이는 같이 보자."

"당연하지. 그럼 이따 봐."

손을 흔들며 걸음을 옮겼다. 본당으로 이어지는 넓은 길로 나아갔다. 양쪽 끝에 늘어선 노점은 나중에 돌아다녀야겠다.

약속 장소인 화장실 앞에 도착했을 때였다.

"얼래, 저기 카나 아니여?"

할머니가 제일 먼저 나를 알아보고 반갑게 손을 흔드셨다.

"오오, 왔네, 왔어."

아빠도 손을 흔들었다.

"카나야, 늦었잖니."

엄마가 나무라듯 말하면서도 입가에는 웃음이 번져 있었다.

"너무 늦었어."

저음으로 짧게 말하는 언니.

"늦게 온 벌로 니가 타코야키 사."

타쿠야는 히히 웃었다.

이들이 내 소중한 가족이다.

"미안, 미안. 친구들하고 수다 떨다가 늦었어. 할머니, 기다리느라 추웠지?"

"괜찮여. 그보다 이거 받아라."

"고마워, 할머니."

천 엔 지폐를 건네받았다.

"그럼 할머니, 같이 뭐 사 먹자."

"나는 괜찮여. 이런 시간에 뭐 먹으면 속 안 좋으니께."

"그럼 마실 건? 같이 찾아보러 가자."

할머니 손을 잡으니 의외로 주름이 많지 않은 고운 손이었다.

결국 할머니는 페트병에 든 차를, 나는 솜사탕을 샀다.

친구들과 몇 번이나 마주치면서 서로 산 음식을 맛보여 주었다. 미카는 방울 카스테라를 나눠주었다.

아빠와 엄마는 불꽃놀이를 감상할 자리를 잡으러 갔고, 언니는 단독행동. 타쿠야는 같은 동아리 소속인 남자애들과 신나게 떠들어댔다.

불꽃놀이 볼 장소로 이동하는 사이, 할머니가 나를 불렀다.

"카나야."

"왜?"

"미노리는 도쿄 간다더라. 아까 신나서 떠들던디?"

"미노리가 할머니한테 그런 얘기까지 했어? 주변 사람들부터 포섭하려는 작전이네."

감탄하며 솜사탕을 한입 넣자, 눈처럼 사르르 녹아내렸다.

"카나는 하고 싶은 대로 해도 괜찮여."

지난번과 똑같은 말을 하는 할머니. 카나라면 분명 이렇게 대답하겠지.

"난 아직 정한 건 없어. 일단 이 동네에 남아서 할머니랑 같이 살 거야."

활짝 미소 짓는 옆얼굴을 보니 덩달아 나도 기뻤다.

본당 뒤편의 자갈길까지 등롱이 진출해 있었다. 불꽃놀이 장소에 도착하자 나와 할머니를 제외한 모두가 이미 모여 있었다.

잔디 위에 파란 돗자리를 깔아놓았고, 주변에도 가족 단위로 온 사람들이 점점 늘어났다.

"많이 기다렸어?"

타코야키와 볶음국수를 번갈아 먹고 있는 타쿠야 옆자리에 앉았다.

"이제 슬슬 시작할 시간인데."

"응."

모두의 얼굴이 희미한 불빛 속에 떠올랐다. 마치 은하수 위에 앉아 있는 듯한 느낌이었다.

눈 밑으로도 무수한 별들이 반짝거렸다.

"안녕하세요."

미노리와 야마토, 미카도 도착했다.

"난 카나 옆자리."

미카가 먼저 내 왼쪽에 앉자, 미노리가 "아, 치사하게 그러기야?" 하고 볼멘소리했다. 타쿠야가 떨떠름한 얼굴로 자리를 비켜주었다. 내 뒤쪽에 타쿠야와 야마토가 나란히 앉았다. 축구부 선후배가 같이 불꽃놀이를 본다는 게 조금 웃겼다.

"아, 시간 됐네. 이제 시작할 거야!"

미노리가 목소리를 높였지만, 그 뒤로도 한동안 하늘에는 조각구름만 흘러갈 뿐이었다.

"시간 맞춰 시작된 적, 한 번도 없었잖아."

옆에 앉은 미카가 두둔하듯 말했다.

"날씨가 조금 안 좋네."

내가 그렇게 말한 순간이었다.

슈우우우욱.

갑자기 소리가 들리더니, 눈앞에서 불꽃이 크게 터졌다. 잠시 뒤늦게 따라온 폭발음이 땅을 울렸다.

"대박!"

무심결에 외치며 왼쪽을 돌아보니 밝은 빛이 미카의 옆얼굴을 비추고 있었다. 이내 어두워지는 밤하늘에서 또 하나의 꽃이 피어올랐다.

우와와, 하는 함성과 함께 박수 소리가 진동했다. 하지만 다음 폭죽은 좀처럼 발사되지 않았다.

"저기, 카나."

오른쪽에 앉은 미노리가 불꽃을 놓치지 않겠다는 듯 하늘에 시선을 고정한 채 말했다.

"만약에 도쿄에 가더라도, 계속 친구로 있어 줘."

"그야 당연하지. 그런 약속 안 해도, 우린 친구잖아."

"그렇네."

겨울밤에 피어난 불꽃이, 눈을 가늘게 뜨고 웃는 미노리의 얼굴을 환히 비추었다.

한 발 한 발의 간격이 멀긴 해도, 하늘을 아름답게 물들이는 불꽃은 마치 마법 같았다. 몽환적인 광경을 눈에 선명히 새겨두었다.

"할머니, 보고 있어?"

대각선 앞에 앉은 할머니에게 묻자, 온화한 목소리가 돌아왔다.

"올해도 예쁘네잉."

이윽고 연속으로 쏘아 올린 불꽃이 하늘을 떠들썩하게 흔들었다. 짧은 불꽃놀이 축제의 클라이맥스라는 걸 알 수 있었다.

숨 쉬는 것조차 잊은 채 가만히 올려다보았다.

울고 싶은 기분이 솟구쳐도 꾹 참았다.

왜냐하면 이게 내 무대의 마지막 장면이니까.

만약 카나가 이곳에 있었다면, 그녀의 얼굴에는 분명 미소가 넘쳐흘렀을 것이다.

마지막으로 가장 커다란 불꽃이 피어났다가 사라지자, 하늘에는 까만 연기만이 남았다.

박수를 치고 나서 다들 겨울의 추억을 가슴에 간직한 채 천천히 집으로 돌아가기 시작했다.

겨울 축제가 끝이 났다.

그와 동시에 내게 주어진 의뢰도 끝을 향해 가고 있었다.

축제가 끝나면 사람들은 말이 없어진다. 자리에서 일어난 다음에도 다들 아쉬운 듯 그 자리에서 잠시 움직이지 않았다.

어느 결엔가 사라졌던 아빠와 언니가 맞은편에서 걸어오는 게 보였다.

"좋아, 그럼 우리 가족의 연례행사를 시작해 볼까?"

손에는 여러 개의 등롱이 들려 있었다.

"올해도 카나 친구들 것까지 준비했다."

아빠가 각자에게 등롱을 건네주었다. 결국 미카는 등롱 예약을 안 한 건지, 아빠에게 정중히 고개를 숙이며 받아 들었다.

"좋아, 내가 하나씩 불을 붙일 테니까 다들 간절히 소원을 비는 거야."

기다란 라이터를 손에 든 아빠가 말하자, 다들 원을 그리듯 빙 둘러앉았다.

나도 땅에 놓아둔 등롱에 손을 얹었다.

—저기, 카나. 난 널 잘 연기한 걸까?

처음엔 실제 사람을 연기하는 일 따윈 불가능하다고 생각했다. 완벽히 그 사람이 되려면 어떻게 해야 하는지, 그것만 고민했다.

하지만 지금은 달라. 내가 원래 너였던 것 같은 기분마저 드는걸.

이렇게나 따뜻한 사람들에 둘러싸여 자랐던 거구나.

지금 넌 하늘에서 날 지켜봐 주고 있니?

아니, 분명 여기서 우리와 함께 있겠지.

난 진심으로 바라. 너와 너희 가족, 그리고 소중한 친구들의 행복을.

살며시 눈을 뜨자 내 등롱이 오렌지색으로 반짝였다. 가족, 친구들의 등롱에도 불이 붙어 그들을 몽환적으로 보이게 했다.

카나도 보고 있으려나, 이 빛을.

네가 될 수 있어서 난 행복했어.

이 등롱은 천국으로 가는 계단……. 먼저 거기서 기다려줘.

난 앞으로도 이 동네에 찾아올 거야. 그리고 언젠가 너한테 내 가족과 친구에 관해 많은 이야기를 들려줄게.

고마워, 카나. 고마워.

지금 내 무대의 막이 내려가고 있다. 그런 생각이 든다.

내 바람은 오직 하나.

'카나의 가족이 앞으로도 행복하게 해주세요.'

희미하게 맴도는 화약의 잔향 속에서 누군가가 "고마워요."라고 말했다.

카나인가? 생각했지만 이내 고개를 가로저었다. 그런 일은 있을 수 없으니까.

자갈 밟는 소리와 함께 내 앞에 선 사람은 엄마였다.

"어…… 뭐야?"

내가 뭐 실수한 게 있나 싶어 걱정되었다.

따뜻하게 미소 짓는 엄마는…… 내 진짜 이름을 불렀다.

"유나 씨. 절 위해 이렇게 노력해 줘서 정말 고마워요."

순간 머릿속이 새하얘졌다. 방금…… 뭐라고 한 거야?

하지만 나는 얼굴에 미소를 띠었다.

"무슨 소리야? 그보다 추우니까 빨리 집에 가자."

애써 밝게 말했지만, 엄마는 조용히 고개를 가로저었다. 그리고 주위에 선 사람들을 향해서도 고개를 숙였다.

"여러분께도 정말 감사드려요."

갑자기 바뀐 분위기에 놀라 옆에 선 미카를 돌아보자, 입술을 굳게 다문 채 고개를 숙이고 있다.

엄마는 양손을 앞에 모으며 후우, 하고 숨을 토해냈다.

"저를 위해 해주신 일들, 진심으로 감사드립니다."

어느새 우리 주위에는 수많은 사람이 서 있었다. 이웃 아주머니와 신주님. 아, 요코 고모와 카즈츠나 고모부까지…….

뭐가 어떻게 된 건지 모르겠다. 하지만 모든 사람이 따뜻한 눈빛으로 엄마를 보고 있었다.

"가족…… 아니, 렌털 극단원 여러분께는 제대로 설명해 드리고 싶어요. 그러니까 마지막까지 들어주셨으면 합니다."

엄마는 내가 렌털 극단원이었다는 걸 알고 있었구나……. 무의식중에 타쿠야를 쳐다보자, 그는 조용히 고개를 끄덕였다.

엄마가 할머니 쪽을 돌아보았다.

"겨울이 시작될 무렵이었어요. 같이 살던 시어머니가 돌아가셨죠."

뭔가…… 커다란 대포에 맞은 듯한 기분. 비틀거릴 뻔한 내 팔을 야마토가 잡아주었다.

"아……."

고맙다는 말도 못 한 채 다시 엄마를 돌아보았다.

할머니가 죽었다고? 어, 그럼 그게 언제였다는 소리지? 아니, 할머니는 지금 여기 있잖아.

뭐가 뭔지 도통 모르겠다. 모르겠어. 모르겠다고.

"그러셨군요. 뭔가 있었을 거라고는 생각했지만, 그런 사정이었을 줄이야……."

할머니의 목소리는 완전히 달라져 있었다. 구부정하던 허리를 펴고 엄마의 손을 따뜻하게 맞잡은 할머니도 렌털 극단원이었구나…….

"그해 섣달그믐날 밤은 잊을 수가 없습니다."

엄마가 우리를 돌아보았다. 그녀의 시선이 나, 그리고 아빠, 언니, 타쿠야에게로 차례로 움직였다.

등줄기를 타고 섬뜩한 무언가가 올라오는 느낌이 들었다. 듣고 싶지만 듣기 싫은 이야기라고, 내 안의 카나가 소리쳤다.

"사야카와 카나가 크게 싸웠어요. 가끔 말다툼하긴 했는데, 그날은 서로 한 발짝도 양보하지 않았죠. 지금 생각하면 무언가를 예감했던 게 아닐까 싶어요."

엄마는 호흡을 가다듬듯이 깊이 심호흡하고 나서 나를 바라보았다.

"정월 참배는 결국 남편하고 쇼, 그리고 카나까지 세 명이서 갔어요. 저는 사야카와 집에 남기로 했고요."

다리가 떨렸다. 모습을 드러낸 진실의 정체는 분명…… 비극이었다.

"늦은 밤에 집에서 자고 있는데 전화가 울렸어요. 전화를 건 사람은 '가족분들이 탄 차가 사고를 당했습니다.'라고…… 그렇게 말했어요."

"그럴 수가……!"

나도 모르게 소리치고 말았다. 돌아보니 미카와 미노리도 울고 있었다.

어떻게 된 거지……?

"전화를 건 사람의 목소리가 지독하게 사무적인 말투라, 처음엔 악질적인 장난인가 생각했어요. 하지만 사실이었죠."

거기서 일단 말을 끊은 엄마는 스스로를 채찍질하듯 크게 숨을 토해냈다.

"그날, '다녀오겠습니다.'라는 인사를 마지막으로, 세 사람은 다신 돌아오지 않았어요. 두 번 다시 '다녀왔습니다.'라는 인사를 들을 수 없게 된 거죠. 단 한 번의 사고가 남편과 쇼, 카나를 저한테서 빼앗아 버렸어요."

그랬구나. 아빠도 렌털 극단원이었어…….

다리에서 힘이 풀렸다. 무너지듯 주저앉아 버리는 내 팔을 야마토가 잡아주었다.

"그건…… 너무하잖아."

순식간에 눈앞이 흐릿해졌다. 눈물이 흘러넘쳤다. 카나와 쇼만 그랬던 게 아니었다니…….

"충격을 받은 사야카에게 아무 말도 해줄 수가 없었어요. 너무 슬퍼서 아무 생각도 할 수 없었으니까요. 그 뒤의 일은 기억나지 않아요. 정신이 들고 보니 사야카는 집을 나가버렸어요. 그해 겨울, 우리 가족은 뿔뿔이 헤어지게 된 거예요."

아빠도 처음 듣는 사실인지 넋이 나간 얼굴이었다. 할머니는 엄마의 말을 곱씹듯이 눈을 감고 있었다. 언니는 이미 울고 있었다.

타쿠야는 어떤가 싶어 돌아보자, 그는 엄마를 똑바로 바라보며 마치 모든 사실을 알고 있었다는 듯이 냉정하게 이야기를 듣는 것처럼 보였다.

"저는 신을 원망했어요. 어느 날 갑자기 외톨이로 만들어버리다니, 너무하다고 생각했어요. 저도 가족들이 있는 곳에 가고 싶었어요. 이제 저한테는 아무것도 남지 않았으니까……."

그런 비극을 겪으면서 얼마나 괴로웠을까? 그리고 자기 운명을 얼마나 저주했을까……?

"렌털 극단원에 관한 이야기를 들었을 때, 즉시 거절했어요. 가짜 가족하고 겨울 축제에 가는 게 무슨 의미가 있나 싶어서……. 하지만 점점 삶의 의욕을 잃어가는 저를 보며 동네 사람들이 설득한 거예요."

주위 사람들의 얼굴은 어두워서 잘 보이지 않았지만, 곳곳에서 훌쩍이는 소리가 들렸다.

"오늘로 마음 정리가 된 것 같아요. 이웃 여러분, 그리고 렌털 극단원 여러분 덕분이에요. 정말 감사드립니다."

엄마는 한 번 더 고개를 숙이고 나서 나를 따뜻하게 바라보았다. 눈물 때문에 앞이 잘 보이지 않았다.

이런 일이 왜 일어나야 해? 왜 이런 가혹한 일이…….

"여러분은 정말 대단하시네요. 얼굴은 닮지 않았어도 우리 가족 같았어요. 특히 카나, 아니, 유나는 평소의 행동까지 똑같아서 정말로 기뻤어."

코를 훌쩍이며 몸을 일으켰다.

"엄마가…… 의뢰인이었던 거야? 한 번 더 가족들과 만나기 위해서, 엄—."

말을 제대로 잇지 못했다. 슬픔의 바다에 깊이 빠져 허우적거리는 것처럼 아무것도 보이지 않고 아무 생각도 할 수 없었다.

"아니, 그렇지 않아."

엄마가 걸어간 곳에는…… 타쿠야가 있었다.

"타쿠야 군이 의뢰인이야. 이번 일은 타쿠야 군이 제안해 준 거였어."

"말도 안 돼……."

타쿠야는 내가 중얼거리는 소리를 듣고 조용히 어깨를 들썩이며 한숨을 내쉬었다. 엄마가 "그게 말이지." 하고 입을 열었다.

"쇼하고 타쿠야 군은 어릴 때부터 친구였단다. 쇼는 예전에 유나가 있는 극단 하마마쓰 소속이었어."

"뭐……?"

"유나는 당연히 기억하지 못할 거야. TV에 나오느라 바쁜 시기였고, 쇼도 몇 년 안 돼서 그만두고 축구에 빠졌으니까. 그래도 언젠가 연예계에 진출하고 싶다는 꿈은 버리지 않은 것 같아."

문득 자료에 첨부된 카나의 사진을 처음 봤을 때의 기시감이 떠올랐다. 기억나진 않아도 어딘가에서 쇼를 만났을 것이다. 그래서 쇼와 닮은 카나의 얼굴이 익숙하게 느껴졌다는 걸 지금은 이해할 수 있었다. 하지만 그게 다 무슨 소용일까…….

"타쿠야. 저기, 타쿠야. 이게 다 사실이야?"

나도 모르게 타쿠야에게 다가가 그의 팔을 붙잡고 있었다.

"쇼 형은 내가 가장 친하게 지냈고, 죽이 잘 맞던 선배였어. 동아리를 그만두면 극단으로 돌아오겠다고 했는데, 난 그때가 오길 계속 기다렸지. 그런데 어느 날 아줌마한테서 전화를 받고 영원히 그럴 일은 없다는 걸 알게 됐어."

타쿠야의 눈에 가득 고인 눈물이, 금세 뺨을 타고 흘러내렸다.

"난 장례식에도 가지 못했어. 그랬다간 쇼 형의 죽음을 인정하는 것 같아서. 아줌마, 미안."

"괜찮아. 그런 건 괜찮단다."

슬픔 속에서 미소 짓는 엄마에게 어떤 말을 건네면 좋을까? 그저 하얀 한숨만 내뿜고 있는 내가 한심했다.

"얼마 뒤 야마토한테서 연락이 왔어. 아줌마가 쓰러지기 직전이라는 말을 들었지. 사실 당연히 그렇게 될 거라고 생각했는데, 그걸 알면서도…… 난 모른 척했던 거야."

타쿠야 못지않게 야마토의 코도 새빨갛게 변해 있었다. 이렇게 많은 사람들이 슬퍼하고 괴로워하고 있었다.

"가족 전원이 겨울 축제에 가는 일이 옛날부터 쇼 형 가족의 연례행사라는 건 알고 있었으니까, 하다못해 그것만이라도 이뤄주고 싶었던 거야."

"그래도, 그래도……. 의뢰라면 공짜가 아니잖아? 가족 모두가 극단원이라면, 그 돈은……."

극단원을 며칠씩 이곳에 머물게 하면서 고용하는 건 불가능한 일이다. 그런데 타쿠야는 왠지 모르게 희미하게 미소를 짓고 있었다.

"처음엔 몇 년이 걸리든 내가 갚을 생각이었어. 그런데 스폰서가 생겼다고 하더라고."

"스폰서……?"

"스폰서가 되어준 사람의 지시로 유나한테 편지를 보냈던 거야."

장난의 내막을 밝히듯이 미소 짓는 타쿠야를 보며 내 사고회로는 아직도 멈춰 있었다. 이게 무슨 상황인지 제대로 파악할 수가 없다.

언니와 아빠가 나를 보며 고개를 끄덕였다.

"하지만……."

엄마가 말했다.

"모처럼 타쿠야 군이 계속 권했지만, 난 받아들이지 않았다. 올해 극단 하마마쓰가 사라질지도 모른다는 말을 듣고 나서야, 뒤늦게 승낙할 마음이 생겼단다."

엄마의 말을 듣고서야 머릿속이 정리되는 기분이 든다. 아직도 울고 있는 미카와 미노리, 그리고 야마토를 바라보았다.

"저기…… 가르쳐주세요. 카나 씨와 다른 가족들이 돌아가신 게 언제였나요?"

무거운 침묵이 잠시 흐르다 마침내 엄마가 입을 열었다.

"3년 전 섣달그믐날이었어."

3년 전……. 입안이 바싹 말랐다. 칼바람도 차갑게 느껴지지 않았다.

"그러면, 그러면……."

또르르 흘러내린 눈물을 닦는 내 옆으로 미카가 다가왔다.

"우리는 사실 유나 씨보다 세 살 위야."

"아……."

"미안."

미노리도 사과했다.

"나도 지금은 도쿄의 전문학교에 다니고 있어. 하지만 카나가 계속 마음에 걸렸어. 제대로 된 작별 인사를 할 수 있었다면 얼마나 좋았을까, 하고 늘 생각했거든."

야마토는 입술을 깨문 채 고개를 숙이고 있었다.

"그랬구나……."

엄마의 꿈을 이뤄주기 위해, 타쿠야가 계획하고 주변 사람들이 협력해서 하나의 무대를 만들어낸 셈이다. 세 사람 다 그해 겨울로 돌아가서, 한 가족의 겨울 축제를 재현하려 했으리라고는 전혀 상상조차 못 했는데…….

엄마는 더 이상 울지 않았다.

"잃고 나서야 비로소 알게 되는 게 있단다. 곁에 있는 게 너무 당연했던 가족이 순식간에 사라지고 나니까, 나도 그때부터는 그냥 숨만 쉬며 살았어. 따라가 버릴까 하는 생각도 했지만, 언젠가는 사야카가 돌아올지도 모른다는 마음 하나로 버텼던 거야."

숨을 제대로 들이마실 수도, 내뱉을 수도 없었다. 상상했던 것보다 몇 배는 더 슬픈 과거에 엄마는 계속 사로잡혀 있었다.

"그러니까 여러분은 가족을 소중히 해주세요. 저처럼 혼자가 된 뒤에야 소중함을 깨닫지 않기를 바랍니다."

"엄마……."

목소리를 냈다. 눈이 마주친 엄마에게 내가 전하고 싶은 말. 아니, 카나가 전하고 싶은 말은…….

“엄마는 절대 혼자가 아냐.”

“하지만 혼자란다.”

“아니야…….”

“하지만 꿈을 이뤘어. 그러니까 이제 언제 죽든 여한은 없다는 생각이 들어. 빨리 가족들과 만나고 싶네.”

“아니라니까!”

나는 울면서 소리쳤다.

“엄마는 절대 혼자가 아냐. 이렇게 많은 사람이 엄마를 위해 힘써줬는걸. 그리고 나도, 엄마가 건강히 지내주지 않으면 저세상에서 마음 놓고 지낼 수가 없잖아.”

오열을 참아내며 절규하듯 말하는 나는 이미 카나가 되어 있었다.

“엄마는 꼭 오래 살았으면 좋겠어. 그렇게 약한 소리 하는 거, 전혀 엄마답지 않아.”

“맞아.”

할머니가 고개를 끄덕였다.

“우리 며느리는 강하고 씩씩한 사람이니께, 괜찮을 겨.”

“당신이 여기서 열심히 살아가지 않는다면, 우리도 별로 만나고 싶지 않아. 안 그래, 사야카?”

아빠가 옆에 있던 언니에게 물었다.

"난 아직 살아 있으니까, 언젠가 꼭 만날 거야."

사야카는 무뚝뚝하게 말하고 나서 살짝 미소 지었다.

타쿠야가 한 걸음 앞으로 나서며 양손으로 엄마의 어깨를 잡았다.

"기운을 되찾게 해드리려고 한 일이에요. 그러니까 계속 살아 주세요. 꿋꿋하게 살아가 주세요."

"아아……."

양손으로 얼굴을 감싼 엄마가 몇 번이고 고개를 끄덕거렸다.

"내가 계속 이런 식이면, 나중에 가족들한테 혼나겠네. ……여러분과 멋진 시간을 보낼 수 있어서 정말로 기뻤어요. 깜깜하기만 하던 세상에서 작은 빛이 보이는 기분이에요. 제 마음을 구해 주셔서 감사합니다."

누가 먼저랄 것도 없이, 가족 모두가 엄마에게 다가갔다. 다들 눈물로 범벅이 된 얼굴이었다. 그때 우리는 분명 '가족'이라는 사실을 온몸으로 느꼈다.

엄마는 이제부터 앞을 보며 나아갈 수 있을 거다.

카나, 너도 그걸 바라지?

하늘을 올려다보며 물었다.

"아……."

내 목소리에 다들 똑같이 하늘을 올려다보았다.

흰 눈이 내리고 있었다. 등롱 불빛에 비친 눈송이들이 팔랑팔랑 춤추듯 내려앉았다. 눈송이 하나를 손바닥 위에 올리자 금세 녹아버렸다.

엄마도 미소 지으며 하늘로 손을 뻗었다.

"첫눈 아냐?"

타쿠야의 목소리에 함성이 일었다.

다들 너무나 기뻐 보였다. 많은 사람이 이 무대의 성공을 위해 노력해 준 거구나.

그때였다. 순간 낯익은 얼굴이 시야에 들어왔다.

"앗!"

나는 목소리를 높이고 말았다.

내 시선을 느낀 그 사람이 몸의 방향을 쓱 돌리는 게 보였다. 그 순간, 나는 빠르게 쫓아갔다.

"잠깐만요!"

코트 옷자락을 잡으려다가, 균형을 잃고 몸끼리 충돌하고 말았다.

"아파!"

비명과 함께 그 사람은 허무하게 바닥에 쓰러졌다.

"뭐, 뭐 하는 거야……."

숨을 헐떡이며 말하는 그 여자는 내 앞에 여러 번 나타났던 그 여기자였다. 그 얼굴은 왠지 모르게 사진에서 본 카나와 닮아 있었다. 카나와 닮았다는 건…….

"당신, 나츠미 사야카 씨죠?"

"……."

"엄마가 걱정돼서 보러 온 거잖아요."

숨을 가다듬으며 묻는 나를 보며, 그녀는 단념한 듯 한숨을 내쉬었다.

"돌아온 건 아냐. 그냥, 수상쩍은 사람이 집에 있어서 지켜봤을 뿐이야. 엄마가 사기 같은 걸 당할까 봐 걱정됐을 뿐이라고."

진짜 사야카는 너무 퉁명스러워서 언니 역할을 연기한 배우와 놀랍도록 꼭 맞아떨어졌다.

처음부터 이상하긴 했다. 나츠미 저택을 조사하러 다닌 게 아니라, 우리를 수상하게 생각했던 거구나. 어쩌면 정월 참배 때도 나를 찾으려던 게 아니라 가족들에게 들키지 않으려고 했을 뿐인지도 모르겠다.

그렇게 생각하니까, 언니가 왜 그런 식으로 변장했는지도 이해가 됐다.

"언니."

나는 옆에 선 사야카의 팔을 붙잡았다.

"분명 많은 일들이 있었을 거야. 언니도 무척 괴로웠을 거고."

또 눈앞이 흐려지면서 사야카의 얼굴도, 내리는 눈송이도 희미하게 보였다.

빨간색 대문에 기댄 사야카가 숨을 토해냈다.

"그만해. 연기 놀이는 이제 끝났잖아."

"연기가 아냐. 카나가 말하고 있는 거야. 언니는 모르겠어?"

"……."

얼굴을 돌리는 그녀의 팔을 꽉 붙잡았다.

“가족은 함께 있지 않으면 안 돼. 설령 멀리 떨어져 살더라도, 마음은 함께하지 않으면 안 돼.”

“아프잖아.”

“부탁드릴게요. 집으로 돌아와 주세요.”

고개를 숙이자, 무거운 공기를 가르듯 근처 절에서 종소리가 은은하게 울려 퍼졌다.

여운을 남긴 채 사라져 가는 종소리.

내리는 눈이 땅에 떨어지는 소리마저 들릴 듯한 정적이 이어졌다.

“……알았어. 돌아갈게.”

그렇게 말해준 사야카가 흥, 하고 콧방귀를 뀌었다.

“카나가 부탁하면 어쩔 수 없지 뭐.”

“고마워, 언니.”

“됐어. 나중에 갚아.”

언니는 그렇게 말하더니 천천히 사람들이 모인 곳을 향해 걸어갔다. 인파가 갈라지면서 반짝이는 등롱 사이에 엄마가 서 있었다.

“사야카…… 돌아온 거니?”

“어쩔 수 없잖아.”

“아아, 사야카. 엄마가 미안해. 정말로 미안해.”

차마 끌어안지도 못한 채, 그 자리에 무너져 내린 엄마가 몇 번이고 사과했다. 사야카는 한동안 말없이 서 있었지만, 이윽고 조용히 손을 내밀었다.

"사과해야 할 사람은 나야. 그날 카나랑 싸우지만 않았어도 그런 일은 없었을지도 모른다고, 계속 자책했어. 난 그걸 견딜 수 없어서 도망친 거야."

사야카의 손을 잡고 몸을 일으킨 엄마는 조용히 숨을 내쉬었다.

"사야카, 엄마가 열심히 노력할게."

그 말이 지금까지 들었던 어떤 말보다 깊고 무겁게 가슴에 와닿았다.

"노력할 거면 같이 해야지. 엄마한테만 맡기기엔 못 미더운 걸."

어깨를 으쓱거리는 사야카를 보며 엄마가 살짝 미소 지었다. 이윽고 그동안 꾹꾹 참아왔던 울음을 터뜨렸다.

이 세상에 남아 자책하면서 괴로워했던 두 사람은, 이제 서로 떨어져 있던 시간을 메우려는 듯 언제까지고 서로를 꼭 끌어안고 있었다.

많은 이들의 마음을 치유해 주려는 듯 하염없이 눈이 내렸다. 그건 앞으로의 두 사람을 응원해 주는 축복의 흰 눈이었다.

카나가 나에게 '고마워.'라고 말하는 것 같았다.

나도 네가 될 수 있어서 행복했어.

고마워. 고마워.

에필로그

시민 홀의 분장실은 예년보다 훨씬 붐볐다.

그야말로 인파를 헤집지 않으면 앞으로 나아갈 수 없을 정도였다.

“아, 유나야!”

엄마가 나를 발견하고 힘겹게 다가왔다. 아빠의 모습도 보였다.

“완전 대단했어. 너무나 멋진 무대라서 엄마는 얼마나 감격했는지 몰라!”

출연자보다 화려한 드레스 차림으로 흥분한 엄마가 아빠를 보며 반응을 재촉했다.

“당신도 그렇지?”

엄마 못지않게 화려한 정장을 차려입은 아빠가 고개를 끄덕였다.

"정말 대단하더라. 아빠는 세 번이나 울었어."

"네 번이었지. 커튼콜 때는 아주 통곡을 하던데."

엄마는 큭큭 웃더니 손수건으로 내 이마의 땀을 살며시 닦아 주었다.

"그래도 다행히 배역을 맡았네."

"휴가 씨가 온정을 베푼 거지, 뭐. 원작에 없는 라울 자작의 여동생 역이었으니."

렌털 극단원의 계약이 끝나고 돌아온 날에, 휴가 씨한테서 봄 공연에 출연할 수 있다는 말을 들었다. 그 뒤로 오늘까지 정신이 하나도 없었다.

겨울방학 동안 뒤처진 부분을 만회하기 위해 날마다 연습실에 나가서 연습했으니까.

"그래도 엄마는 역시 유나의 연기가 가장 빛난다고 생각했어. 그렇지, 여보?"

또 아빠의 반응을 재촉하는 엄마.

"당연하지. 우리 딸인데."

"맞아."

싱긋 웃는 엄마를 보며 나는 어이가 없었다.

"이제 완전히 사이가 다시 좋아졌나 보네."

"어머, 애초에 싸운 적도 없었단다."

시치미 떼는 표정으로 말하는 엄마와, "맞아, 맞아." 하고 고개를 끄덕이는 아빠.

두 사람이 예전보다 훨씬 닮았다고 느끼는 요즘이었다.

"뭐, 솔직히 말하면……."

엄마가 어깨를 들썩거리며 한숨을 쉬었다.

"유나가 정월에 전화했었잖니? 그 뒤로 엄마도 많이 생각해봤어. 그리고 네가 연기한 카나 양 사연을 들으니까, 정말 어찌나 눈물이 나던지……."

아, 또……. 엄마는 그 이야기만 나왔다 하면 바로 눈물이 그렁그렁해진다.

"아, 알았어. 뒷정리할 게 있어서 가봐야 해. 아빠, 엄마 좀 잘 챙겨."

"맡겨둬."

걸어가려던 발을 일부러 멈췄다. 그리고 "저기……."라고 말을 꺼냈다.

"난 엄마 아빠 딸로 태어나서 행복해. 고마워요."

어안이 벙벙해진 표정의 두 사람에게 손을 흔든 다음, 휴가 씨가 있는 대기실로 향했다. 무대가 끝나면 들렀다 가라고 했기 때문이다.

노크하고 문을 열자, 휴가 씨는 과장된 박수로 날 맞아주었다.

"대성공이야. 고맙다, 고마워!"

하늘 높이 들어 올린 캔맥주를 바로 뺏어버렸다.

"극단이 해산될 위기인데, 이런 사치 부릴 대야?"

소파에 앉자 풀이 죽은 휴가 씨도 내 맞은편에 앉았다.

"한 번 더 감사 인사를 해야겠네. 봄 공연에 출연시켜 줘서 고마워요."

"그래, 그래."

휴가 씨는 알았다는 듯 손짓했다.

"괜찮은 배역이었지? 겨울방학 동안 열심히 해줬으니까, 최소한의 답례야."

"그 답례, 감사히 받았습니다요."

"뭐, 솔직히 유나한테도 좋은 경험이었잖아?"

거만하게 몸을 뒤로 젖히는 휴가 씨를 보며 나는 고개를 갸웃거렸다.

"글쎄. 뭔가 속이고 있다는 죄책감이 엄청났어. 나쁜 짓을 한다는 느낌도 들고."

"속인 적은 없지. 가족들과 재회한 건데. 요리코 씨는 정말로 기뻐했어. 동네 사람이나 카나의 친구들도 회의할 때 꽤 의욕이 넘쳐 보였고."

"회의? 그럼 처음부터 다 알고 있었던 거야? 너무해."

"말해버리면 연기에 제한이 생기잖냐? 유나는 감정에 휩쓸리기 쉬우니까. 다음 의뢰에선 그걸 조금씩 고쳐보자."

"이제 이런 의뢰는 사양할 거거든."

최소한의 반격을 해보지만, 휴가 씨는 여유로운 표정을 풀지 않았다.

"어머니한테는 '언제든지 OK' 사인을 받았는 걸. 게다가 이미 다음 의뢰도 들어왔고.”

대체 날 또 얼마나 혹사시키려고. 그래도 뭐, 그 덕분에 봄 공연에서는 스스로 만족할 만한 연기를 할 수 있었던 것도 사실이지만…….

“하지만 타쿠야가 의뢰인일 줄은 상상도 못 했어. 그래서 더 잘할 수 있었던 측면도 있지만.”

가끔 보내준 편지 덕분에 배역에 대한 집중력을 잃지 않았다고 해도 과언은 아니었다.

“그러냐.”

휴가 씨가 말을 이었다.

“다만 처음엔 타쿠야의 의뢰였지만, 실제로 실행할 수 있게 된 건 스폰서의 힘이 컸어.”

“아, 그거 물어보고 싶었는데. 스폰서면 기업이 지원해 줬다는 거야?”

“회사가 아니라 개인이야. 그것도 상당한 금액을 내줬지.”

“누군데?”

“그건 말 못 하지.”

흐흥, 하고 맥주를 향해 뻗는 손을 툭 쳐냈다.

“똑바로 말해. 이제는 아무것도 숨기지 마. 그러지 않으면 다음 의뢰는 거절할 테니까.”

휴가 씨가 어깨를 으쓱거리며 짧게 말했다.

“유키.”

"……유키?"

"왜 저번에 우리 무대를 블로그에서 언급해 준 사람 있잖냐."

"설마 히이라기 유키 씨, 말하는 거야?"

"그 히이라기 유키 맞아. 게시글을 보고 웃음이 나더라. 딱 걔다운 문장이라 옛날 생각이 나더라고. 걔가 처음 입단했을 때—."

"휴가 씨."

내가 참지 못하고 휴가 씨의 말을 중간에 끊었다.

"아까 이야기부터 해줘. 왜 히이라기 유키 씨가 돈을 낸 거야?"

으음, 하고 휴가 씨는 잠시 망설이듯 갑자기 어깨의 힘을 풀었지만, 내가 메두사처럼 무섭게 노려보자 떨떠름하게 입을 열었다.

"몇 년 만에 연락을 하더니 배우를 은퇴하겠다는 거야. 이런 저런 대화를 하다가 렌털 극단원 이야기가 나왔는데, 재미있겠다고 하더라고. 그럼 이 기획에 돈을 좀 지원해 달라고 부탁했더니, 조건부로 승인해 준 거야."

동요하는 가슴을 오른손으로 억누르며 되물었다.

"조건?"

"그래."

휴가 씨가 히죽 웃으며 검지를 세워 보였다.

"스폰서가 되는 대신 자기도 출연시켜 달라는 거야. 나야 이게 웬 횡재인가 했지."

"……잠깐만. 머릿속이 정리가 안 돼."

"너랑 타쿠야가 여기 돌아온 직후였나? 그쪽에서 '멋진 무대였어.'라는 연락이 왔어."

휙 하고 캔맥주를 다시 빼앗는 휴가 씨를 멍하니 바라보았다.

몸의 온도가 확 내려갔다가 다시 올라가는 듯한 감각에 휩싸였다.

"잠깐만. 설마……."

"정답이야."

아직 답을 말하지 않았는데도 휴가 씨는 검지를 세운 채 히죽 웃었다.

"할머니 역인 미후네는 히이라기 유키가 연기한 거였어. 노인 얼굴 화장법까지 공부해서 도전했다더라. 뭐, 시즈오카 사투리를 익히느라 고생했다는 것 같지만."

"말도 안 돼……."

"널 엄청나게 칭찬하던데. 그리고 앞으로는 우리 극단의 프로듀서 역할도 해주기로 했어. 덕분에 여름 이후의 공연도 바로 확정됐지. 유나야, 잘했다!"

맥주를 시원하게 들이켜는 휴가 씨를 나는 멍하니 바라볼 수밖에 없었다.

뒷문을 통해 바깥으로 나오자, 날은 완전히 저물어 있었다.

겨울이 돌아온 듯한 찬바람에 그날 신사에서 내린 눈이 떠올랐다. 가방을 등에 메고 걸어가면서 이제야 봄 공연이 끝났다는 게 실감 났다.

하얗게 보이는 숨결도 이제 곧 사라지겠지.

"유나."

목소리가 들려 고개를 돌리자, 타쿠야가 달려오고 있었다. 그도 집에 가는 길인 듯했다. 그날 이후로, 연습 기간 동안 나처럼 임시 역할을 맡았던 타쿠야와는 거의 말을 섞지 못했다.

"뭔가 이것저것 다 끝나버린 느낌이네."

"그러게."

굳이 말하지 않아도 그날들에 관한 것도 포함되었다는 걸 알 수 있었다.

"참 신기해. 지금도 여전히 내 마음속에 카나가 있는 것 같아."

"나도. 쇼라는 친구가 아직 내 곁에 있는 기분이야."

나란히 걸어가는 귀갓길.

"유나의 연기력은 굉장했어."

"그래? 난 스스로 완전 엉망이었다고 생각했는데. 그땐 그저 배역에 빙의하는 것밖에 머릿속에 없었거든. 그래도 타쿠야가 해준 조언 덕분에 마지막엔 나도 꽤 만족스러운 연기를 할 수 있었어. 고마워."

"그렇게 따지면 나야말로 고맙지. 겨울 축제 직전에 해준 격려, 정말 고마웠어."

타쿠야에 대한 호감은 앞으로도 점점 커질 것 같았다.

언젠가 내 마음을 전할 날이 온다면, 그건 내 연기에 정말로 만족할 수 있게 되었을 때이리라. 난 그때까지 나름대로 열심히 노력할 뿐이다.

"얼마 전까지 겨울방학이었던 것 같은데, 벌써 봄방학도 끝나 버리다니."

타쿠야가 하늘을 올려다보며 말했다.

"정말 그렇네. 하루하루가 순식간에 지나가는 것 같아. 그래도 요리코 씨는 3년 내내 괴로워했던 거잖아……."

그녀뿐만이 아니다. 카나와 쇼, 아빠, 할머니의 죽음으로 많은 사람이 힘들어했다.

우리가 한 일이 옳지 않다고 말하는 사람이 있을지도 모른다. 하지만 마지막에 모두의 미소를 볼 수 있었으니까 정말로 다행이었다.

이번엔 내가 열심히 살아갈 차례였다.

"나 말이야, 다음 무대는 주인공 오디션 볼 거야."

내 말을 들은 타쿠야는 몇 번이나 눈을 깜빡이더니 눈꼬리를 살짝 내리며 따뜻하게 웃었다.

"그렇구나."

"응."

이제 도망치지 않아. 어떤 배역이든 나 나름대로 생명을 불어넣어 연기할 테니까.

"그런데 우리, 내일 몇 시에 만날까?"

타쿠야가 내 얼굴을 획 돌아보며 물었다.

우리는 내일 나츠미 저택에 놀러 가기로 했다. 당연히 하룻밤 자고 올 예정으로, 아빠와 언니도 온다고 한다.

이제부터는 유나로서 만나러 간다.

그 사실을 전하자 요리코 씨는 무척 기뻐해 주었다. 전화기 너머의 사야카는 여전히 퉁명스러웠지만, 그게 오히려 그녀다웠다.

이번에 가면 카나의 친구들과도 만날 수 있다.

나의 또 하나의 가족과 친구들.

빨리 그들과 만나고 싶었다.

가족도 렌털이 되나요

1판 1쇄 인쇄 2026년 1월 15일
1판 1쇄 발행 2026년 2월 6일

지은이 이누준
옮긴이 김진환

발행인 황민호
본부장 박정훈
책임편집 신주식
편집기획 김선림 최경민 윤혜림
마케팅 이승아
국제판권 이주은 김준혜
제작 최택순 성시원
디자인 ALL

발행처 대원씨아이(주)
주소 서울특별시 용산구 한강대로 15길 9-12
전화 (02)2071-2095
팩스 (02)749-2105
등록 제3-563호
등록일자 1992년 5월 11일

www.dwci.co.kr

ISBN 979-11-423-4342-1 03830